後宮の男装妃、南都に惑う

佐々木禎子

双葉文庫

後宮の男装妃、南都に惑う

前章

華封《かふう》の国──南都《なんと》に築かれた丹陽城《たんようじよう》。

時代は義宗帝《ぎそうてい》の御代である。

世界で一番広い皇居といわれている丹陽城は城郭都市であり、皇帝が日々を過ごす内廷と、執務や国政を執り行う外廷とにわかれている。

この日、外廷にある宝和宮《ほうわきゆう》の外れの書庫を訪れたのは、丸く膨らんだずた袋を胸元に抱えた若い男であった。

髪をひとつに結って銀の簪《かんざし》で弁帽子《べんぼうし》を留めている。艶を消した黒の絹織りの直領《ちよくりよう》姿で赤い裙《くん》の裳裾《もすそ》は白い。

整った、つるりとした面差しの彼の名は胡陸生《こりくせい》という。

今上帝《きんじようてい》である義宗帝に重用されている切れ者の官僚だ。

陸生はこそこそとあたりを窺い、人がいないのを確認すると、書庫の扉を開けて足を踏み入れた。

――暗い。

最初に感じたのはそれだった。

この部屋に届く光は、高い位置にあるたったひとつの格子窓から零《こぼ》れるものだけである。

闇から目をそむけた陸生は、とりあえず扉の内鍵をかける。

続いて、ため息と共に「なんでまたこんなことになってしまったのかなあ」と言葉を押しだした。

――なんでってこともないんだ。自分が悪い。

わかっている。

後宮にいる呪術に造詣が深いという道士の娘に会ってみたいと口走ったせいで、義宗帝に「宝和宮の一番北に鍵のついた書庫がある。その鍵を渡すから誰にも見つからぬようにひとりで入り、扉を閉めて、内鍵をかけて待て。そのうち妃嬪《ひひん》が来る。その者を科挙試験における院試の不正を正すための調査に使え」と命じられてしまったのだ。

陸生が抱えているずた袋のなかには男物の衣装が詰まっている。妃嬪を外に連れ出すための着替えである。

「しかし粗末な袍《ほう》と袴に着替えさせたところで、妃嬪が貧しく若い男に見えるものだろうか。陛下は〝案ずるな〟とそればかりだが、案じてしまうよ……」

泣き言を漏らしているうちに、目が暗さに慣れたのか、室内の様相があぶり出しのようにうっすらと見えてきた。

すぐ目の前にそびえたっているのは、部屋の巾《はば》とほぼ同じ横幅で天井まで届くほどの高さの書棚であった。

みっしりと書物や竹簡《ちくかん》が詰められていて光が通る隙間がない。

頭上だけがぼんやりと薄く光り、床に近づくにつれ暗がりが濃くなっている。

「明かりを持ってくるべきだったか」

まだ日の暮れぬ午後に灯火が必要だとは思ってもいなかった。

書物の管理に最適なのは、薄暗くて、暑くもなく寒くもない場所である。この書庫は書物にとって最高の保管場所になるように整えられている。

ふと、どんなものがここまで大切に保管されているのかが気になった。そもそも陸生は知識に対して貪欲だ。

——待っているあいだに書物を読むくらいは役得というものだ。読んではならぬとは言われていないのだし。

竹簡のひとつに手をのばして引き抜き、丸くまとめている紐を外し、広げていった。

けれどどうしたことだろう。

竹簡にはなにも記載されていなかった。

「あれ?」

ひっくり返してみたが、表には『易経《えききよう》』の題字が書いてあるのに、肝心の内側にはなにもしるされていない。

広げたそれを巻き直してもとの棚に戻し、今度は別の段から書物を一冊、引き抜いた。顔を近づけて急いでなかを確認する。こちらも同じに、なにも書かれていなかった。

陸生は首を傾げ「どういうことだ？」と手当たり次第にあたりから複数冊、書物を引き抜いた。

そのどれもこれも中味は白紙だ。

「……一列目の書棚は白紙の書物となにも記載されていない竹簡が置いてあるのか？　変わった書庫だな」

陸生は片手でずた袋をぶら下げ、もう片方の手を棚に添え、ゆっくりと歩きだす。明かりがないので先がよく見えず、書棚に手を滑らせて確認して進むしかないのであった。

奥行きがある部屋なのは外から見てわかっている。

ならば部屋を横断して配置された書棚は、どこかで途切れて、奥に進むための通路が確保されているべきなのだ。

案の定、書棚をなぞって左に進むと、横の壁とのあいだに人がひとり通り抜けられるくらいの隙間があった。

通路に身体を滑り入れる。

しかし、そのまままっすぐに部屋の奥には進めなかった。

一尺ほどの間隔を開けて、次の書棚がまたもや壁となって部屋を塞《ふさ》いでいる。

念のため、目の前を塞ぐ二列目の書棚を押してみた。重たくて動きそうにない。

仕方なく、一列目の書棚の裏側に手を置いて、先ほどまでと同じようになぞりながら進んでいく。再び、壁に行き当たる。陸生が辿っていた一列目の書棚は壁にぴたりと貼りつく形で設置されていて、扉に戻るにはいま来た道を引き返すしかない。

見回すと、今度は陸生の左側の二列目の書棚と壁とのあいだに、人がひとり通れるくらいの隙間があった。

「ここを行けということか」

通過するついでに、二列目の書棚から一冊だけ書物を抜き、中味を見る。

——白紙だ。

眉を顰《ひそ》め、左手で二列目の書棚の背に手を添えて、歩いていく。

しばらく進むと、また同じように書棚が途切れ、三列目の書棚が姿を現した。

どうやらこの書庫は一尺の等間隔で部屋の横幅より少し足りない巾の書棚を並べて、常に書棚を片側の壁に寄せて配置している。

山肌に沿ってぐるりと造られた道を上っていくのに似ている。部屋に配列された書棚が、人の行く道をひとつに定めている。

――ただの書庫ではなさそうだ。

通路をひたすらに進み、とうとう部屋の一番奥に辿りついた。

ここが一番奥だと思ったのは、壁一面を覆う立派な作り付けの書棚の中味がこれまでとは違ったからだ。

棚の空白が目立つ。

一番下段に竹簡と文書が乱雑に横に積まれているだけで、あとはなにも並べられていない。

陸生は、書棚の一番下の竹簡をよく見ようと床に這《は》いつくばった。

右手を棚に突っ込んで、竹簡のひとつを手元に引き寄せる。

棚に積もっていた細かい埃《ほこり》がぶわっと舞って、くしゃみが出た。その拍子に、ひとつに結った頭の上にかぶった弁という帽子が斜めに傾いだ。

きっとこれも中味がないだろうと思って期待はしていなかったのだが――、

「……おや、中味がある」

文字が書いてある。

「この筆致には、見覚えがある。これは先代帝がお書きになったものに違いない」

陸生は物覚えがいい。官僚として仕事をし、前例をたしかめる度に文書で先代帝の文字を確認しているのだ。見間違えようがない。

そのまま陸生は床に平べったくうつぶせになり、手にした竹簡を広げる。

書かれているのは詩歌《しいか》であった。

――懐恨出国門　含呪入龍郷。

恨みを抱いて国門を出て　呪を含んで龍郷に入る。

「帝の辞世《じせい》の詩歌……？」

華封の国の初代皇帝は龍である――ということになっている。

そのため皇帝のことを慣習的に「龍」と呼ぶ。

ゆえに龍の末裔《まつえい》である皇帝たちの死は「龍郷に入る」と言われる。

死の間際に皇帝たちは詩歌を作るが、歴代皇帝の詩歌すべてに「入龍郷」の文字がある。

「でも待て。先代帝の筆致で、辞世の詩歌？　この詩歌は巷《ちまた》に広まっているのと違うぞ。先代帝の詩歌は私も見ている。慶びを抱いて国を出て、希望を含んで龍郷に入ったはずだ。なのにこの文言は、どういうことだ」

先代帝は真面目で繊細《せんさい》で心優しい「龍」であったと伝わっている。いいことなのか悪いことなのか、それ以外にこれといった逸話はない。

秀でたものはなにひとつないが、華封という国を大事に抱えて、壊すことなく次代につないだとされている。

詩歌や絵画などの才もなく、彼が残した詩歌で唯一みんなが知っているのは今際《いまわ》の際《きわ》に詠《うた》ったものだけ。

その先代の詩歌の一文は『懐慶出国門　含望入龍郷』であったはず。国を無事に治め次代の皇帝に希望を託して、龍として天寿を全うした皇帝の辞世の句として広く伝わっている詩歌だが――。

「ほんのわずかな違いで、天寿を全うした幸せな辞世の句が、忌《い》まわしい呪いになったな。さすがにこれは先代帝の筆致を真似た贋作《がんさく》か？」

だとしてもよくできていると、あらためてしげしげと眺める。もっと明るい場でじっくりと鑑定したら真贋《しんがん》を問えるのに。

「……この詩歌が本物であれ、まがい物であれ、見つかったら大変だからここに隠していたのかもしれない」

先代帝が死の直前にこの国を呪って書いた詩歌は、力のある呪具になる。実際の呪いはどうだかわからないが、政治的には。

――我らが百五十年前の戦で夏往国《かおうこく》に負けたのは代々の皇帝が国を呪っていたせいだとかなんとか言い立てて、反乱を目論む奴が出てくるかもしれないな。

陸生が考え込んだそのとき――目の前の書棚の背板が音をさせて揺れた。

陸生は、背板を睨《にら》みつけつつ、手にしていた竹簡をくるっと丸めて懐《ふところ》に入れる。膝立ちし、念のため、書棚の前で身構えた。

陸生の目の前で背板だけではなく棚そのものが、がたがたと大きく横に動いた。

最奥の書棚は仕掛け扉であったらしい。

薄く開いた扉の隙間から細い指が這い出てくる。

縦長に開いた扉の向こうも、この部屋同様に薄暗い。

高いところからかろうじて届いた淡い光が、隙間をこじ開ける白い指を照らしだした。

細い指には、胼胝《たこ》があり、節が太い。

――そのうち妃嬪が来る。

義宗帝はそう言っていたと思いだす。

だとしたらこの、妃嬪らしからぬ指の持ち主が陸生が待っていた相手なのだろう。

押し開くように添えられた手が力んで震えているのに気づき、慌てて陸生も手を添え扉を引き開けた。

開いた隙間から漂ってきたのは、この場所とは違う空気の匂いだ。湿気《しけ》った風がむわりと吹き寄せ、陸生は目を瞬《しばたた》かせる。

ぐっと動いた扉の向こう――薄い闇に白い面差しが浮かび上がる。

飛び抜けて美しいわけではないが、愛らしい顔だった。

きらきらと光る黒い双眸《そうぼう》と、しっかりと引き結ばれた口元が印象的だ。なぜか、頬が泥で汚れている。それがおかしなことに妙に「似合って」見えた。遊び疲れた子どもみたいで、汚れた顔がしっくりとはまっている。

一見して、男か女かがよくわからないのは服装のせいだ。

長い髪を頭頂部で簪でひとつにまとめ、男物の袍を身につけている。

──なるほど。この妃嬪なら、まだ育ちきらない男に見えなくもない。

清らかで、端境期《はざかい》の青々とした未成熟な男に。

陸生が相手の白い手に触れ引き寄せると、黒目がちの瞳が丸くなり、花びらのような唇が小さく動いた。

「あの」

戸惑ったような柔らかい声が耳に届き、陸生は我に返って身体を離し、拱手《きょうしゅ》した。

呆けている暇はない。

後宮から抜け出た妃嬪に仕事を頼み、しかも無事に送り返すというのを限られた時間のなかでやり遂げなければならないのだ。

陸生は抱えてきたずだ袋を妃嬪に押しつけ、

「私は胡陸生と申します。細かいことは後で説明さしあげます。まずはこちらに着替えてください。先に入り口で待っております。着替えを終えたら、いらしてください。この部屋の道は一本道で間違いようがない。迷うことはございません」

と早口で告げる。

続いて、急いで妃嬪が使った隠し扉を閉じ、着替えを見ることのないように背を向けた。

1

後宮の水月宮《すいげつきゆう》を預かる妃嬪のひとり——昭儀《しようぎ》の位を今上帝から賜《たまわ》った翠蘭《すいらん》が、後宮で見つかった髑髏《どくろ》の持ち主を調べ、無事にその役目を果たしたとある秋の午後のこと。

翠蘭は、義宗帝の寝室である乾清宮《けんせいきゆう》の隠し通路を使って後宮の外に出た——らしい。

らしいという曖昧《あいまい》な言い方なのは、翠蘭自身がいまどこにいるのかわかっていないからだった。

伽《とぎ》を命じられ乾清宮に出向いたら、そのままあれよあれよと隠し通路に押し込まれたのだ。

進むしかなくて地下の暗く湿っぽい洞窟のような通路を歩き続け、突き当たりに現れた扉をおそるおそる開けた。

そうしたら見知らぬ男が戸を開けるのを手伝ってくれて——ずた袋に入っている着替えを寄こした。

義宗帝が翠蘭に〝いざというときのため隠し通路がある。出ていった先に刑部尚書官《しようしよかん》の胡陸生という男が待っている。その者に言われたことをせよ。夜までに戻れ〟と書かれた紙を示していてくれたから、おおよそのことはわかっている。

刑部は役所のひとつであり司法を担当している。そこの尚書官ならば相当高位の官僚である。

——後宮に輿入れをしたら死んでも外に出ることはないと言われているのに、なんでまた、私ときたら外廷に出て、しかもそんなえらい立場の人と会っているの⁉

辟易《へきえき》しながら、翠蘭は渡された衣装に着替え、頭頂でひとつにまとめて結ってある髪に簪で弁帽子をくくりつけた。

ここまで来たら、そうするしかなかったので。

しかし、そうするしかないとすぐに納得してしまうのが、なにより良くないのだ。

翠蘭はどこかで義宗帝に「否」を唱えるべきだったと思い返しながら、手渡された洗いざらしの木綿の袍に簡素な帯を締め、襠《まち》のある袴に穿き替える。

粗末な布地で裁縫も雑だ。いかにも下々の者が着ていそうな服で、ごわごわとして着心地が悪いのが、どこか懐かしい。自分も後宮に輿入れする前はこういう服に身を包み、野山を駆けまわっていた。

——でもいまの私は後宮の昭儀で、義宗帝の「もの」だ。

すべてを義宗帝に捧げ、他の男に触れさせるなんてもっての他。

そもそも後宮には義宗帝以外の男はひとりとしておらず、鶏や羊に至るまで雌《めす》しかいない。

そんな後宮に囚われている身の上で、抜け出した先に「知らない男」が待っていて、着替えをさせられている。

――誰かに見つかったら首をはねられる。

自分だけではなく、翠蘭の宮で働いている宮女の明明《めいめい》や宦官《かんがん》の雪英《せつえい》も、同様に罪を問われることになるかもしれない。

――それがわかっているのに「できません」と拒否する暇がなかった。

つくづく翠蘭は、義宗帝に弱い。義宗帝に命じられると、うやむやになにもかもを丸め込まれ、彼の手足となって、従ってしまうのだ。

「でも、これを命じたのは陛下なのだし、私が捕まったときになんらかの便宜をかけてくださるだろう」

かつて義宗帝は、翠蘭が「義宗帝の剣」となるなら翠蘭のことを守ると言ってくれていた。

――彼が皇帝である限り。

その言葉を翠蘭は信じている。

翠蘭は気持ちを切り替え、あたりを見回した。

書棚が並んでいる様子から、ここがどうやら書庫のようだと見当をつける。

高い位置から零れるたったひとつの窓の明かりだけが頼りで、室内はずいぶんと暗い。

着替えを渡してくれた胡陸生が言っていたように、この部屋の道は一本道で間違いようがなさそうだ。進むべき道はひとつしかなく、だから翠蘭は、陸生が消えていった方向に足を進めた。

そして——翠蘭は、細かな格子の扉の手前で陸生と向き合うことになった。

「陛下に命じられ、あなたさまのことをお待ちしておりました。今日の案内をつとめさせていただきます」

と陸生が拱手した。

昭儀という立場上、ここで「頭を上げよ」と言うところだが、陸生は翠蘭に言われるより先にさっと礼の形を解いて、翠蘭の全身をたしかめるように一瞥《いちべつ》した。

「私は——」

名乗ろうと口を開いた翠蘭を、けれど陸生は片手で押し止め、

「あなたはいまから王静《おうせい》です。李《り》王静」

と断定した。

「はい？」

陸生は、奥二重の切れ長の眼が理知的で、整った面差しをしている。が、頭に埃がたくさんついているのと、頭頂に載せた弁帽子が斜めに歪んでいるせいで、少し残念な感じの印象になっていた。

「言葉を遮る無礼をお許しください。今回はあなたに囮になっていただきたいのです」

「囮……ですか？」

「はい。科挙試験のための院試に不正が疑われているのですが、裏付けがとれず、とらえることができない。なのであなたに囮になってもらって罠を仕掛けたいのです」

院試というのは、国立学校の学生になるための試験である。

院試に合格すると、士大夫《したいふ》と呼ばれ、中央の官僚となれる科挙試験の受験資格が得られる。

そして、科挙試験に合格さえすれば、家柄が悪かろうと、実家が貧しかろうと、官僚になることができるのだ。

「はぁ」

翠蘭は気の抜けた声で返事をした。

——そういえば陛下は〝秘密裏にここを出て、科挙試験の不正を糺すための調査を外廷で行え〟と書いた紙も見せてくれたわ。

「そのために、説明しなくてはならないことだけを手短に伝えます。覚えてください。あなたは李王静。最近、南都に出てきたばかりの貧しい男。故郷は……そうですね。泰州ということにいたしましょう。なにもかもを嘘で通すより、いくばくかの真実が紛れ込んでいるほうが、ごまかしやすい。あなたの故郷が泰州だと窺っておりますので。あっておりますか？」

「はい」

翠蘭はもともとは泰州《たいしゅう》の出身だ。

「本日以降、外でお会いするときは常に私のほうがあなたより身分が上というふりをしてください。私のことは陸生さまと呼んでいただけると助かります」

陸生が重々しく告げる。

助かりますって、なんだ。どういうことだ。

しかもいま「外でお会いするときは常に」って言っていたようだが——今回だけじゃなく次回もあるという意味なのだろうか。

「あなたの両親はもうおらず遠い親戚を頼って都に辿りつき、科挙試験に受かることで人生の一発逆転を狙っています。その遠い親戚が、この私です。……という筋書きです」

「はい……」

筋書きか。

手短な説明と最初に言っていたが、ちっとも短くない。

「科挙試験合格のために、あなたは院試を受けなくてはならない。しかし知識は乏《とぼ》しく、院試に合格できるかどうかぎりぎりという体たらく。若くして科挙試験を第一位で合格した優秀な私を訪ねてきたくせに、あなたはあまりに成績が悪い。そんなあなたの無能に驚いて、私はしこたま怒り、ねちねちといびり、私の家の外に放りだします。近所の人もみんなそれを目撃する。派手にいきましょう。今日はそこからはじめます」

そこからはじめますと言われても、と翠蘭は首を傾げる。

「何度か喧嘩《けんか》を続けて、その度にあなたは私の家を出る。それを私が連れ戻す。そうこうしているうちに、私に嫌気がさしたあなたは、ひとりで住むところを探します。これはもう来週の話ですし、私が責任をもって仮の住まいを用意するので安心してください。で——あなたは、とうとう自棄になって、努力することを放棄して、学政《がくせい》に賄賂《わいろ》を贈って、どうにかしてもらおうと目論《もくろ》みます」

「目論むんですか……？」

「ええ。それで学政に取り次いでくれる相手を捜しはじめます。あ……念のために説明しますと、学政とはこの国の教育長官です。姓は長孫《ちょうそん》、名は英虎《えいこ》。実に立派な名前だけど、虎のような見た目でもない小太りの五十代のおじさんですよ。丸顔で、とっつきやすい顔をしている。怖くない」

話を整理していくと——どうやら翠蘭に課せられたのは、院試を監督している教育機関の責任者である学政に賄賂を渡すことらしい。

賄賂を渡しましたという翠蘭の証言を、学政の不正の証拠にしたいのだろう。

翠蘭はあらためて自分の身体を見下ろした。粗末な身なりに着替えたし、日々の鍛錬《たんれん》のおかげで手の指に胼胝がある。田舎から出てきた貧しい若者のふりをしようと思えば、できなくもない。

でも、と思う。

でも私は後宮の妃嬪なのだ、と。

質問したいことがたくさん浮かんだが、まず最初に「これは無理」と思うことを訴えてみることにした。

「学政に取り次いでくれる人を捜すのは、無理です。知り合いがいません」

「そこは安心してください。学政と偶然出会える場は、私があらかじめ調べてお伝えしますし、すでに知り合いもおります。賄賂も用意してます」

陸生が濁《にご》りのない目でそう続ける。

一気にいろんなことを流し込まれ、翠蘭は目を瞬かせた。

――つまり、証拠を入手するまでに何度も後宮の外にこっそり出てくることになるのかしら？

どう考えても、後宮の外に出てはならない妃嬪に命じる仕事ではない。

翠蘭が困惑し、口をつぐんで考え込んでいるのを見て、陸生が慌てたように付け加える。

「そもそも院試に合格してくれなんて思ってません。安心してください。優秀である必要はないし、学問に秀でてなくてもいいんです。だって、科挙試験の手前の、院試の不正を行っている学政を泳がせる囮になってもらうんですから、いかにも落第確定な人のほうが真実味が増します。陛下に聞いたところ、あなたはそこまで優秀ではないんですよね。素晴らしい。適役ですよ。大丈夫です」

こんな形で無能を誉められたことはない。

それに翠蘭が考え込んでいるのは、自分が院試に合格できるかどうかではない。

なんとも言えない気持ちで陸生を見返すと、陸生は「安心してください」と言葉を重ね、励ますように微笑みかけてきた。

「もしかして、私と喧嘩する演技が心配なんですか？　私も演技力はないのですが——ただ、私はどうやら、普通にしていても人を怒らせる才能があるようなんです。私と長く話をして怒りださないのは、うちの妻と陛下くらいなもので、他の人たちはみんなしまいにはむっとした顔になる。そんな私が精一杯努力して罵倒《ばとう》するので、あなたも間違いなく本気でむっとしますよ。大丈夫」

ここに至って翠蘭は気づいた。陸生の「安心してください」は、義宗帝の「案ずるな」と似ている。

──言われれば言われるだけ、安心できなくなる。

「演技力の心配はしてないし、院試についても不安ではないです。受かれと言われるなら不安ですが、受からなくてもいいなら、別に」

仕方なく翠蘭は小声でそう返した。

「でしたらどうしてそんな困った顔をされているのですか。不安や疑問があればここにいるあいだに説明をいたします。一歩外に出たら、あなたはもう王静です」

「だって……どう考えても、私は囮に向いてない。なんで私にこの調査をさせようとしてるんですか？」

翠蘭の問いかけに今度は陸生が困った顔になった。

「それは私もわかりません」

「わからないって……」

「私は学政の不正を暴くのに囮捜査を進めようとしていた。陛下は囮を誰にするかについて最初はなにもおっしゃいませんでした。けれど、昨日、どういう囮が必要なのかと私に聞いてこられたのです。私は〝最低限の基礎教養があって、でも有能すぎないくらいの頭の良さで、しかも後になってこちらの動向を探られるはめになったときに、足のつかないような住所や身元が不明な若い男が必要だ〟と申し上げた。そうしたら陛下があなたを推挙されたのです」

「……最低限の基礎教養があって、でも有能すぎないくらいの頭の良さで、しかも後になってこちらの動向を探られるはめになったときに、足のつかないような住所や身元が不明な、若い、男ですか？」

ひとつひとつ言葉を区切って聞き返す。たしかに翠蘭にあてはまっている部分もある。翠蘭は最低限の基礎教養はあるし、有能すぎない。

しかし翠蘭は女である。

しかも妃嬪である。

後宮で暮らしている。

——私よりずっと適任な人がいたよね。絶対に他にいたよね？

翠蘭がいかにも不本意そうだったのだろう。

陸生の眉間《みけん》に深いしわが刻まれた。

「陛下が、あなたを、推挙されたのです」

陸生は陸生で、ひとつひとつ言葉を区切って、再度、翠蘭にそう告げた。これ以外の理由は他にないという言い方だった。

翠蘭が「陛下が」と、言外に「あの、こっちが諸々を案じていてもすべてを〝案ずるな〟でふわっと押し通す、とんでもない陛下が」という意味を込めて問うと、

「はい。陛下が」

と、陸生が頼りなげに目をそらした。

困惑と気弱さが、つかの間、陸生の目元に滲んだ。申し訳ないと思っている風情であった。うつむくと頭に斜めに載っている帽子がさらに傾いた。

その瞬間の陸生は、花弁が大きすぎて支えきれずに茎が折れてしまった綺麗な花に似ていた。男性を花に喩《たと》えるべきではないかもしれないが。

だから翠蘭は苦笑して、頭を下げる。

柔らかで優しげで頼りないものに、翠蘭は弱い。後宮に来て、さまざまな人を見ているうちにそれを自覚するようになった。

翠蘭は誰かを守ってやりたいと感じると、無条件で身体が動く。

別にそこまで自分は強くないというのに。有能でもないというのに。

——けれど、だからこそ私は強くありたいといつも願っている。有能でありたいと努力する。

「ごめんなさい。陛下に命じられたら、断ることなんてできやしないわよね。どうしてなど、理由を聞くこともできないですよね。私はあなたに恨み事を言うつもりはなかったの」

——つまるところ、全部、陛下が悪い。

目の前のこの男の人にはなんの罪もない。八つ当たりしたってどうしようもない。

翠蘭は、自分の身の上に起きたこの数日間の出来事を思い返す。

後宮の御花園《ぎょかえん》の外れに埋められていた髑髏の持ち主を探すために右往左往したのも、二年半前にはじまった後宮の宮女の入れ替わり事件の真相をつきとめるために、水晶宮《すいしょうきゅう》の宮女を雨の夜に呼び寄せてひと芝居うったのも——陛下の命令に従った結果である。

そして今日、翠蘭が秘密の地下通路を使って後宮の外に抜け出てしまったことも、出た先に待ち構えていた陸生に着替えを渡されて粗末な男装に着替えたのも——そしてどうやらそのまま別人に成りすまして囮になり、院試の不正を正すための調査をさせられるのも——陛下の命令だ。

——陛下ときたら‼

翠蘭は、一瞬だけ煮えたぎるような苛立ちを覚え、胸中で義宗帝をののしろうとした。でも、具体的なののしりの言葉が思いつかない。

だって陛下は——陛下だ。

——陛下ときたら骨の髄《ずい》まで陛下なんだから。

最終的に翠蘭は重たいため息をつくだけに留めた。

それに、どっちにしろもう後宮を抜け出てしまったのだ。命じられたことをやり遂げるしかない。

翠蘭は、どんよりとした気持ちでうつむいた。

「王静」

陸生がそう呼びかけた。

翠蘭は咄嗟《とっさ》に反応できなかった。ついさっき「あなたはいまから王静です」と言われたばかりで、まだその名が耳に馴染《なじ》んでいない。

「ええと……王静？　李王静。あなたは外廷では王静なので呼ばれたら返事をしてください」

咳払いと共にうながされる。

翠蘭は、はっとして「あ、はい」と顔を上げた。

翠蘭を見下ろす陸生は複雑な表情をしていた。慈愛と憐憫《れんびん》が混ざりあっている。お互い苦労しますよねという気持ちを勝手に読み取り、翠蘭は目を瞬かせ、考える。

――万が一、見つかった場合、罪に問われるのは私もだけど、この人もだよね。

間違いなく、彼は妃嬪の逃亡を手伝った罪で処刑される。もしかしたら一族郎党処罰対象かもしれない。

――陛下は私のことは守ってくださるだろう。でも、この人のことは？

「ぼんやりとしておりました。ごめんなさい。陸生さま」

翠蘭が殊勝にうなずき拱手をすると、安堵《あんど》するような吐息が返ってきた。

「王静」

また、名を呼ばれる。

「はい」

「これが杜撰《ずさん》な計画であることはわかっているのです。本当ならば、命知らずの男をふたり金で雇い入れて、私の名前も出さずに、行うつもりでした。私は黒幕に徹するつもりだったのです。それがどうしてか、あなたが〝王静〟になることになって……。ごめんなさい。こんなことに巻き込んで」

「いえ。いまの話からすると、巻き込まれたのは陸生さんも同じなのではないでしょうか」

義宗帝が翠蘭を推挙したばかりに「妃嬪になにかがあったら大変だ」と、黒幕に徹するはずだった陸生が翠蘭を守るために表に出てきたようである。

だとしたら陸生もとばっちりだ。

だが、陸生は「いえいえ。もとは私が変なことを言いだしたのが悪いのです」と笑顔である。

「それはそれとして――この書庫から出た後、私はあなたにいくつもの無礼なことをすると思います。腹に据えかねるようなことがあれば、後でまとめてお叱りも鞭《むち》も杖も受けますから、その場で顔に出さないようにお気をつけください。とにかくあなたの真実の姿がばれないようにしなくてはなりません。それがお互いのためであり、陛下の御為《おんため》でもあります」

「はい」

次に陸生は「失礼いたします」と声をかけ、翠蘭の頭に手をのばす。

「袍も袴も着慣れていらっしゃるけれど、あなたは帽子のかぶりかたを知らないのですね。歪んでいるし、これでは、ずれて頭から滑り落ちてしまいます」

「あ……はい」

ひとりで頭を結うのは慣れているが、普段、帽子はかぶらない。鏡もなくて、うまく頭の上に載せられたか定かではなかった。どうやら、失敗していたらしい。

翠蘭の頭の上で陸生の手がごそごそと動く。柔らかい仕草で、撫《な》でるようにして触れてくるのがくすぐったくて、首をきゅっとすくめる。

黙ってされるがままになっていると、陸生は、翠蘭の頭から簪を引き抜き、弁帽子を取り上げ、かぶせ直してくれたようだった。

頭から手を離した陸生は翠蘭と視線をあわせて神妙な顔つきで、

「この国の男は、身分のある者もそうでない者もみんな弁帽子をかぶっています。男なら、裸でいるより、帽子をかぶらないほうが恥ずかしく心もとないことなのだと親に教わっています。きちんと帽子をかぶらなければ、まともな男だと思われないのです。男のふりをするのなら、そういったことにも気をつけなくてはなりません」

と教え諭すように言った。

そうしてから今度は身を屈めて顔を近づけ、

「あと、あなたの顔の右頰に泥がついています」

と重要なことを告げるようにささやいた。

翠蘭は片手で頰を拭ったが取れなかったようで、陸生が「違います。もっと上。いやその下で」と自分の顔を指さしてあれこれ指示する。翠蘭はごしごしと頰をこすったが、うまく拭えなかったらしく、

「……ご無礼を。顔を拭かせてください」

とうとう陸生がそう言った。

「はい。お願いします」

翠蘭は顎を持ち上げ顔をつき出す。

陸生が袍の袖で翠蘭の頰をぐりぐりと擦りあげる。

少し力が強くて、痛かったが、陸生が眉間にしわを寄せたあまりにも真剣な顔だったので、されるがままになっていた。

黙って見ていると、陸生は眉を開き、笑顔になる。

「取れました」

そう言う顔が、あまりに嬉しそうで、邪気がなさすぎて、翠蘭もつられて笑ってしまっ

た。

――いい人で、有能な人で、けれど不器用な人。

陸生は人の頬の泥を擦り落とすときに力加減ができないけれど、義宗帝に無理難題を強いられても感情的にならず、こちらに当たり散らすこともなく、翠蘭の知らないことをひとつひとつ教えることのできる余裕を持つ男だ。そういうことがこの短いあいだで伝わった。

――私は、この人も、守りたいわ。

翠蘭は一瞬だけ目を閉じた。

この書庫を出たら失敗は許されない。翠蘭に関わるさまざまな人の命と未来がかかっている。

腹の底がずんっと重たくなる。

息を吸って、吐いて、気持ちを切り替える。

――私はいまから李王静。院試に挑む若い男。

だとしたら、と、翠蘭は慌てて身じろぎ、畏まって身体を固くした。

「申し訳ございませんっ。顔の泥を袖で拭っていただくなど、なんということでしょう。おまけに陸生さま自ら帽子を整えてくださるなど、畏《おそ》れ多いことでございました。私はそのような身分ではございません」

翠蘭が低めの声で一気にそう言って跪《ひざまず》こうとすると、陸生が「いやいやいや」と翠蘭の腕を摑んで引き上げる。

陸生は目を見張り、吐息をひとつ漏らしてから、

「いま、陛下があなたを推挙した理由がわかりました。あなたは飲み込みが早いのですね。立場が下の者が上の者にするふるまいも、よくご存じだ。その調子です」

と感心したように言った。

「はい。もともと私は山で暮らしていたので、妃嬪らしく過ごすよりこっちのほうが性に合います」

「けれど跪くのは、やり過ぎです。私は高位ですが、貴族でもなんでもない官僚です。跪くのは貴族相手だけでいいですよ」

やり過ぎだったかと納得し、翠蘭は「ありがとうございます。あの……それでしたらここを出る前にもうひとつだけ」と上目遣いで陸生を見上げ、つま先立った。

翠蘭は、つと陸生の頭に手をのばす。

「はい？」

と陸生が身体を固くし、のけぞってこちらを見た。

「ごめんなさい。陸生さまの帽子も斜めに傾いで外れかかっています。私が隠し通路から出てくるのを手伝ってくれたせいですよね。私にあなたの髪と弁帽子を直す栄誉を与えて

ください」

翠蘭はさらりと言って手早く陸生の斜めにずれた帽子をかぶせ直し、簪を挿し直した。

「あ……はい」

陸生が慌てたように帽子に手を添えたときには、陸生のずれた帽子は翠蘭の手で正しく頭に載せられていた。

「帽子がずれているのは、だらしなくて、男性として、人に見せてはならない姿だと教えてもらって助かりました。そんなこと私は知らなかったから。しかも、あなたは、私のためにそんなはしたない姿になってしまったんですよね。私を手伝ってくださって、ありがとう」

翠蘭は笑顔で告げる。

陸生が目を瞬かせて固まっていた。

首を傾げて見返すと、陸生は我に返ったように、早口で告げる。

「……王静に、もうひとつ、お伝えしなくてはならないことがありました。——成人した男にとって、人前で無造作に他人に髪を触れられるのは恥ずかしいことなのです」

陸生はいままで一番狼狽《うろた》えた顔をしていた。

「私があなたの帽子を直したのは、あなたが〝男であれば〟はしたないことでした。やっちゃいけないことをしでかして、あなたを辱めた。あなたに気をつけてと伝えておきながら、私も私で、あなたを男性扱いしないふるまいをしていました。ご無礼を」

と言いおいてから、さらに陸生は「うわあ」と呆けたような声をあげた。

「ご無礼をと言うか……よく考えたら、私は陛下の花にたやすく触れてしまったんですね。男扱いしてなかったことより、そっちのほうがまずいかもしれない。大変だ。これが陛下にばれたら、私の首が飛ぶ」

みるみる顔色が青ざめていく陸生に、翠蘭は慌てる。

「いや、大丈夫です。陛下はそこまで心狭くないですよ。それに私は陛下の花じゃなく剣なんです」

「剣？」

そう——後宮において張《ちょう》翠蘭は義宗帝の剣なのである。

「私は陛下の御前で咲く見目麗しい花ではなく、陛下がいざというときに鞘《さや》から引き抜いて敵を斬り捨てるつとめを負っております。もったいないことに、代々伝わってきた名のある神剣を陛下から賜り、佩刀《はいとう》する許可をいただいた。今回は持って出てきていないのですが、その神剣には見鬼《けんき》の力が宿っており……」

と説明している途中で、思いついた。

後宮は翠蘭にとって花園ではなく、剣の鞘なのではないか、と。

いままで、後宮という鞘に収められたままの翠蘭という剣は、本当の意味で「武器」として使われたことがない。物事を命じられ、後宮内を走りまわり、幽鬼《ゆうき》を祓《はら》う「ふり」をしてきたけれど。

「見鬼の力が宿っている？　それで？　道士の娘で道術を学んできたからですか？　そのあたりのことは私も聞きたいと思っていました。そもそもそういう話をしたからあなたが推挙されたのです。道術は女も学べば身につく技術で、身を立てることができるのでしょうか」

黙り込んでしまった翠蘭に、陸生が勢いづいて聞いてきた。

「道士の娘？　いえ、私は違いますよ。武人の養い親のところに預けられただけで商家の生まれです」

「あれ……？　私は勘違いしていたのかな」

陸生の言葉に、さあ、と翠蘭は首を傾げた。

「私は神剣を抜けば幽鬼が見えますし、神剣の力で幽鬼を遠ざけることができるのですが——私自身には特にこれという力はないんです」

翠蘭は、剣を手にすれば幽鬼を見ることができる。

義宗帝によると、後宮内では他の者が剣を抜いても見鬼の力は発現しなかったようで、翠蘭だけが神剣の力を授かることができたらしい。

だから義宗帝は翠蘭を重用するようになった。

「つまり——あなたは呪いに詳しく、幽鬼を祓える、不思議な力を持つ妃嬪だが、道術を学んだことはない、ということですか？」

興味深げに陸生が聞いてくる。

「幽鬼を祓ったことはあります。でも祓うのは神剣であって私じゃない。私自身にはなんの力もないのです。呪いにも別に詳しくない」

あらためて——なぜ、義宗帝は自分を推挙したのだと自問する。

——陛下は私を試そうとされているのかもしれない。

翠蘭が武器となるか、飾りでしかないのかの見極めを、今度は後宮の外でなそうとしているのではないだろうか。

今回命じられたつとめを無事に果たせたら有能な剣。なにも成し遂げられず、後宮からの逃亡の罪に問われるのなら無能な剣。

——私が飾りだけの無能な剣なら、陛下は私をどうするのだろう。

途端に翠蘭の口調は重たくなった。考え、考え、話を続ける。

「そう。私は何者でもないのです。後宮の花であるべきなのに、蕾《つぼみ》にすら至らず、葉と枝を茂らすだけで精一杯。私以外に、後宮には数多《あまた》の花が咲いていて、どれも見事で美しい……」

なかには毒花もあるし、棘《とげ》だらけの花のほうが多いということは伝えないでおこうと言葉を濁した。

「他の花に比べて私は見劣りがします。陛下は私を女性として見ていません。後宮ではいつも、私は、猿や犬と同等の扱いを受けています。珍獣扱いですね」

「剣で猿で犬？」

陸生が理解不能という顔をした。

翠蘭もいまの自分の立ち位置を後宮の外で暮らす人間にうまく説明できる気がしない。後宮に入るまで、後宮の内部がどんな様子であるのかを自分がまったく知らなかったように——きっと陸生も、後宮での日々や妃嬪たちの様子、そこでの義宗帝のふるまいを知らないだろうと思えたので。

「とにかく、陛下は、私が他の男性に触れられようと気にしないはずですよ。もし気になるのなら私を後宮の外に出したりしない」

陸生は眉根を寄せて考え込むように「なるほど？」とつぶやいた。

納得していないし、ちっとも「なるほど」と思っていないのが、語尾の上がったその言い方で伝わった。

「……どちらにしろさっきのことは内緒にしておけばいいだけです。私も陛下以外の男性に触れられたとか、触れたとか、よそで言ったら首が飛ぶ。安心してください」

と、翠蘭は請け合った。

この「安心してください」は、陸生が何度も言ったそれよりずっと信用できるもののはずだと胸を張る。

少しの沈黙の後、陸生は「わかりました」とうなずいた。

続けて大きく息を吐き「ゆっくりしている時間はなかった。あなたを夜までに帰さなくてはならない。それでは参りましょう」と早口で告げる。

陸生が扉の内鍵を開け、ぎいっと古めかしく物々しい音をさせて戸を押した。

「ここからあなたは王静です」

低い声でそう告げると、陸生の背筋がしゅっとのびた。緊張しているのか、頰のあたりが強ばっている。命がかかっているのは自分だけではないと、その横顔で翠蘭はまたもや思う。

「はい」

返事をすると、翠蘭の腹の内側がきゅっと縮こまり冷たくなった。

「私からはぐれないように横に並んで歩きなさい。私は考えごとをしはじめると、まわりの人のことを忘れてしまう。あなたがついてきてくれないと困るから、頼む」

陸生の口調が、若干、横柄《おうへい》になる。すでに演技がはじまっている。

翠蘭は「はい」と神妙にうなずいた。

陸生を追いかけて、その横に立った。

薄暗い書庫から外へ一歩足を踏みだすと——そこは絢爛豪華《けんらんごうか》な広い廊下であった。

見上げると、高い天井に雲を従えて飛翔する龍の姿が描かれている。朱塗りの太い円柱に、金の鋲《びょう》は内廷の乾清宮と同じである。廊下の壁のそこここに龍の意匠が彫り込まれ、目が眩《くら》むようなまばゆさだ。

「ちなみに、ここは宝和宮と呼ばれる所です。今後、あなたにはひとりでこの隠し通路を使ってもらいます。書庫の場所も、宝和宮の場所も今日しっかりと覚えるように。鍵をお渡しします」

陸生が翠蘭に鍵を押しつける。

翠蘭は「はっ。わかりました、覚えます」と鍵を受け取り拱手してから、懐に入れた。

「……あなたは、無理だとかできないとか、そういう文句は言わないんですね。ずっと無理難題を伝えているのに」

陸生が不思議そうにそうつぶやいた。

「はい。道を覚えるのは得意なのです」

それに、やろうと決めたらやるしかないではないか。

「そうですか。書庫に入ったら内鍵をしめなさい。以降、私がここを訪れることはないし、しばらくこの書庫を出入りするのは王静だけでしょう。念のため、ひと目を気にしてください」

「そもそもここは人の出入りがあまりないのです」

「はっ」

と、言いながら陸生は歩きはじめる。

書庫から廊下に出てしばらく進むが、たしかに無人である。

翠蘭はちらちらと周囲を見回しながら、大股で足早に歩く陸生の横につく。

宝和宮から外に出ると広い道路がすぐ目の前だ。

「とりあえず外廷から南都に行くまでの道筋を覚えてください。外廷は道に迷うようなことはない。この大路をずっとまっすぐに進めば午門《ごもん》で、そこをくぐればいいだけです。衛兵がいますが、私と一緒にいれば調べられることはない」

「はい」

「その後は橋を渡って、ひたすらまっすぐに進む。瑞門《ずいもん》と天門《てんもん》を抜ければ、南都です」

「あ……はい」

石畳の道路を歩きだし、陸生が小声で翠蘭に聞いてきた。

「ところで、宝和宮が無人なのには理由があります。王静はその理由にまつわる逸話を聞いたことは？」

「ないです」

「そうですか。では教えてあげましょう。宝和宮にはさまざまな宝物が保管されています。

宝石に陶器に書画。よそでは読むことのできない貴重な書物に巻物。かつて鋭い鑑定眼を持つ商人が宝和宮に足を踏み入れ、あまりに珍品逸品が揃っていることに興奮して失神し、そのまま息絶えたという話があります」

「息絶えた？　興奮して？」

「ええ。人はまれに興奮のあまり失神し、そのまま死ぬことがある」

「ありますか⁉」

「あったのです。で、芸術の力の凄さが商人の死期を早めてしまったことに、初代皇帝が心をお痛めになりました。以来、そのような不幸が起きないように、宝和宮は入念な手続きを経て、皇帝の許しを得た者しか訪れることがかなわないとされています。――我ら民びとの安寧《あんねい》を祈ってくださる貴き陛下に栄えあれ」

陸生が両手を胸の前で組みあわせ、とってつけたように「陛下の栄え」を祈った。翠蘭も陸生に倣って胸の前で手を組んだ。

しかし陸生はそこで、にやりと人の悪い笑みを見せる。

「でも真実は盗難防止のために、人を出入りさせないようにしただけです。――と、いままでは思ってたんですが、隠し通路があるから人を入れたくなかったんですね。歴代の皇帝たちの秘密を今日知りました」

「ああ……なるほど」

「そもそも初代の龍からずっと、この国の皇帝は本音を隠される。秘密が多い。華封の龍にまつわる逸話は少ないのです。私たちが知る逸話にも裏と表の二重の意味がある」

そこまで言ってから陸生が口を閉じ、遠くを見た。

翠蘭は陸生の視線の先に首を向ける。

道の向こうから近づいてくるのは、屋根のついた肩輿《けんよ》だった。肩輿とは、身分の高い人間を乗せて運ぶ乗り物のひとつだ。

陸生がさっと道の脇に避け、揖礼《ゆうれい》する。

翠蘭はすぐに陸生に倣い、陸生の少し後ろに並びうつむいて揖礼の形を取る。

上目遣いでそっと様子を窺うと、長柄を担う力者は前後にふたりずついる。力者の出で立ちは簡素で、輿の上り屋根も同じく飾り気がないから、乗っているのは身分の高い貴族ではなさそうだ。

もっとも華封は大戦での敗北を経て、貴族たちのほとんどが根絶やしにされたので、誰が乗っているのだとしてもみんな等しく「成り上がり」なのだけれど。

近づいてきた肩輿が、その上にいる人物を乗せたまま、ゆっくりと遠ざかっていく。

翠蘭は横にいる陸生だけを気にとめる。彼のふるまいを真似れば、粗相《そそう》はないに違いない。彼が顔を上げるまで、隣でじっと地面を見つめていればいい。

力者たちの足が目の前を通り過ぎ、道の角を曲がって見えなくなってから、やっと陸生が顔を上げた。

「文官貴族です。輿に乗っている者を見かけたら、いまのように道の端で揖礼し、やり過ごすのがいい。力者の足が見えなくなるまでずっと目を伏せて。早めに顔を上げて目が合うと〝無礼だ〟と因縁をつけられることがあるので、気をつけなさい」

陸生の忠告に「はっ」と応じる。

道に戻った陸生がさっきより早足で歩きだした。先ほどと同じように翠蘭はその隣に並ぶ。

「――とはいえ、私の知るどの逸話も、華封が夏往国に乗っ取られたときに作られた話なのでしょうから、仕方ない。我が国が夏往国になぎ倒された際に、数多の書物が燃やされてなくなってしまって、建国神話も曖昧なものばかり」

なんの話をしているのかと、しばらく考えてから、思い至る。

どうやら輿に乗った高位の官僚が通りすぎる直前の話に戻ったらしい。

書を燃やすなんて酷い話だと、陸生は悔しげに嘆いてから、続けた。

「敗戦後の華封の皇帝は傀儡《かいらい》で、権力から遠い。いま、官僚になることは、そういう、権力のない陛下に成り代わり国をまわしていく野心を持つことでもある。そのせいなのか、どいつもこいつも出世すると、ああやって、えらそうに輿に乗って――民びとのことを忘れる」

今度はまた文官貴族の話に戻る。

陸生は思いつくままに言葉をつむぐ質《たち》のようである。翠蘭は会話から振り落とされないように真剣に耳を傾け、思考を巡らせた。

義宗帝が治める華封国は、水の国だ。大河に恵まれ、水路を巡らせ、東の世界に開かれた港を持つ。国境の西は乾いた砂漠の国の理王朝《りおうちょう》と神国《しんこく》。北は険しい山岳地帯と冷たい氷の大地に阻まれていて、南に接しているのは計丹国《けいたんこく》と夏往国である。

他国に取り巻かれた華封はずっと隣国との小競り合いを続けて——百五十年前に、夏往国との戦いに敗れ、その属国となった。

以来、華封の皇帝は権力を持たず、夏往国の傀儡となって国に君臨している。

政治の重要なところは、皇帝ではなく、夏往国と後宮にいる夏往国から輿入れしてきた皇后が取り仕切っている。

何事も決めるのは夏往国で、実務は華封の官僚たちが担っている。

そんなことは翠蘭だとて知っている。

この国の人びと全員が知っていることであった。

「……だからこそ官僚になりたがる者がいると陛下に聞きました」

翠蘭がひそりと言う。

その言葉に陸生が「陛下に？」と聞き返す。

「不正をしてでも、院試に受かれば地方で権力が持てる。科挙に受かれば官僚になれる。そして、地方の名家と中央の官僚が手を組めば、武で成り代わらなくても、国の政治をひっくり返すことができると思う者がいるのでは、と陛下がおっしゃっていました」

陸生が「ふむ」と小さくうなずいた。その意見は検討の余地があるぞと吟味する類《たぐい》の「ふむ」であった。

「後宮で、陛下は私に、今回の院試の不正を〝気の長い反乱〟ととらえているとおっしゃっていました。皓皓党《こうこうとう》も関わっているかもしれないって」

そう続けると、陸生が目を剝《む》いた。

「皓皓党とは、今上陛下をいまの地位から引きずり下ろすか、殺すかして、国家を転覆させようと目論んでいる武闘派の反乱軍じゃないか」

「はい。陸生さまは刑部尚書官でいらっしゃるのですよね。ならば後宮で起きた事件もご存じなのでしょうか」

翠蘭が問う。

「書類で報告された事件には目を通すが、後宮での出来事は陛下もしくは皇后の管轄《かんかつ》だ。ものによっては内廷で握りつぶされ、私のもとまで届かない」

陸生の返事に、翠蘭は自分が後宮で関わった「宮女入れ代わり」事件とその顚末《てんまつ》を陸生に話した。

後宮で髑髏が見つかり、その持ち主を探して翠蘭が右往左往したこと。探してまわった結果、髑髏を埋めたのは、新しく輿入れした尹玉風《いぎょくふう》という妃嬪だったこと。玉風は、後宮に宮女として入ったきり連絡がとれなくなった伯母《おば》を捜すために、呪術を用いようと髑髏を埋めたのが真相だと言うと、陸生が目を丸くして「呪術？　なんでまたそんな不確かなやり方で伯母捜しを？」と聞き返してきた。

「玉風は道士の娘で、呪術や占いが得意なんですって。結局のところ呪術の効果があったかどうかはさておいて、彼女の伯母は二年半前に亡くなっていて、幽鬼となって後宮をさまよっていたことがわかったんです」

そして——幽鬼は、翠蘭が用いた神剣によって祓われたことになっている。

——実際に幽鬼を祓ったのは、おそらくは「龍の末裔」である陛下なのでしょうけれど。

義宗帝にはなにかの不思議な力が宿っている。その力が具体的にどのようなものか翠蘭は知らない。そして義宗帝は自分の力を決して人には話さず押し隠している。

翠蘭は、玉風の伯母を殺して成り代わっていた宮女とその兄である宦官が、二年半前に地方で科挙の試験問題が漏洩していた事件に関わっていたようだと話を続ける。

「漏洩事件で罪に問われ、取りつぶされた家の子どもが、宦官の朱張敏《しゅちょうびん》と宮女の朱利香《りか》で。ふたりとも皓皓党の一員だったようなんです」

朱利香という後宮の宮女の罪を自白に導いたのは、翠蘭である。

結果として、利香は罪に問われ暴室《ぼうしつ》に囚われて取り調べを受けている。

しかし利香はすべての事件の犯人ではないのであった。利香に指示をしたのは彼女の兄、張敏だ。張敏は、利香が捕えられてすぐに後宮から逃げだし、行方をくらました。

という話をするあいだにも、次々に立派な輿が通りかかる。その度にふたりは脇に逸れて畏まって礼をしてやり過ごすというのをくり返している。

陸生がやたら早足な理由はすぐに合点した。高い役職の人物を運ぶ輿に遭遇《そうぐう》する度に足を止めるので、歩けるうちにとっとと移動しないとなかなか進まないのである。

話し続け、歩き続けて——翠蘭たちは広い宮城の南の端に辿りつく。

見上げるほどの高い塀に囲まれ、すぐ目の前に午門がある。

その門をくぐり抜けて、内金水橋《うちきんすいばし》と名づけられた橋を渡ると城の外だ。

頬を強ばらせた翠蘭を尻目に、陸生は衛兵に軽く会釈してさっと門をくぐってしまう。

慌てて翠蘭もその後ろについて入ろうとしたが、手前で衛兵に呼び止められた。

途端に、心臓が足もとにすとんと落ちたかのような衝撃が走る。手足が冷たくなり、目の前が暗くなる。どう言いつくろおうかと頭のなかで言い訳を捏《こ》ねていたら、

「ああ、その者は私の従者です。彼の入城の許可証は私が持っている」

と陸生が懐から紙を取りだし衛兵に見せた。

「余計な手間をかけるんじゃない。のろまめっ」

陸生が翠蘭を叱責《しっせき》する。

「はっ。申し訳ございません」

背中を丸めて怯えて返すと、衛兵は翠蘭をじろじろと眺めてから、道を開けた。

「王静、早く。私を待たせるんじゃない。まったく」

陸生の舌打ちに「はっ。申し訳ございません」と応じ、駆け寄った。

心臓の鼓動はうるさいほどだ。耳のすぐ側に心臓があるみたいに大きく、どくどくと早く鳴り響き、手が小刻みに震えた。動揺した顔を衛兵に見られるわけにはいかず、翠蘭はうつむいて小走りに門を駆け抜けた。

それは、とても長い、一瞬だった。

怖くてずっと自分のつま先だけを見ていた。必死に陸生の横に並び、門を抜け、橋を渡ったところで足を止め、おそるおそる顔を上げる。

目の前の道を濁流のように人が勢いよく行き来しているのが見えた。

道沿いに屋台が並び、市が立っている。首のまわりに紐《ひも》でつないだ銭をかけた客が、屋台の主と値段の交渉をするかしましい声が響く。食べ物の屋台だけではなく、簪や櫛《くし》といった飾り物を扱う店もあれば、丸めた反物《たんもの》を軒先《のきさき》に転がした店もある。

翠蘭は思わず振り返って、堀に囲まれて聳《そび》え立つ丹陽城を確認する。陽光を浴びて瑠璃《るり》色に輝く屋根瓦が、いつもより少しだけ遠い気がした。

——本当に後宮から出てしまった。

後宮どころか——城から出てしまった。

自分がさっきまであの塀の向こうにいたことも——瑠璃瓦を載せた宮城の、後宮で暮らしていたことも、なんだかすべてが嘘みたいだ。

ぼんやりとしていたら、

「王静っ、何度も同じことを私に言わせるなっ。私を待たせないっ」

陸生が大声で怒鳴る。

その声で、道の途中で立ち止まって呆然としている自分が悪目立ちしているかもしれないと気づき、翠蘭は我に返って「はっ」と陸生のすぐ隣に並んだ。

陸生は変わらず早足で歩いていく。

「ところで、王静は、科挙の過去の試験集を紐解いたことはあるのか?」

ふいに陸生がそう聞いてきた。

かなりの距離をこれだけ早足で移動できるなんて、たいした体力だなと内心で舌を巻きつつ、翠蘭は答える。

「あります。幼いときから育ててくれた老師の于仙《うせん》は武に長けていて学問を愛する老人で、彼のもとで、科挙試験の過去の問題集を紐解きました。〝朕惟《ちんおも》うに〟からはじまる問題もたくさん読みました」

科挙は「身」「言」「書」「判」の四つの試験から成り立っている。「身」と「言」は人となりを見る人物試験であり、「書」は文字の綺麗さを見るためのもので、「判」は法律を理解し裁判をきちんとできるかを判別するための技能学力試験だ。

すべての試験に合格した後、宮城で行われる最終試験は天子が試験官となり――そのため答案用紙の問題の一行目はだいたい「朕惟うに」ではじまっている。陛下の勅命《ちょくめい》の問いかけなので。皇帝陛下は公式では対外的に自分のことを「朕」と言う。

――義宗帝はいまのところ私に対して「朕惟うに」なんて格式ばった言い方はしないけれど。

翠蘭の返事に、陸生が呻《うめ》いた。

「それは困った」

心底、嫌そうな顔になった。なにが彼を困らせているのかと恐縮し、翠蘭は陸生を仰ぎ見た。

「だいたい、王静は横について歩けと言われたら、その通りに横について歩く。早足になるとぴたりとついてくるし、ゆっくりになったらなったで同じ速度で歩く。私が止まれば止まるし、うつむけばうつむくし。叱責しなくてはならなかったのは、さっきの門のところくらいで」

翠蘭は「はい。駄目ですか」と聞き返した。

「駄目だ。困った」

　陸生が天を仰いだ。

「困るのですか？」

「ああ。王静は、言葉に特有の訛《なま》りもなく粗野ではない。見た目も整っている。というか田舎から出てきたというわりには、整いすぎてるから人物試験は合格だ。加点ありだ。……参ったな。出会ってからずっと考えているが、あなたは、ののしりづらい」

「え」

「王静をののしることのできる要素をさっきから探している。喧嘩の芝居をするために、もっと私がむっとするような返事が欲しい。陛下が言うほどあなたは無能ではなさそうだ。むしろ有能かもしれない」

　真顔で言われ、翠蘭は絶句する。

　こんな形で有能と誉められたことはなかった。

「いやいや。私は、けっこうののしられるようなことしでかしてますよ。あちこちで立ち止まってますし、挙動不審になっています。その度に陸生さんが私を叱ってくれるから、なんとか我に返っています。助かります」

　感謝をすると陸生が「そういうことを言われると、よけいにののしれなくなるだろう。困った。困った」と頭を抱えている。

翠蘭が答えあぐねて、黙っていたら——。

「都新聞だ。みんなお待ちかねの都新聞だよー。今日はびっくり、後宮の盗人《ぬすっと》宦官の危ない話だ。卑《いや》しい宦官がひとり後宮で盗みを犯し、逃亡したんだってよ。似顔絵つきで、見つけた奴は懸賞金がもらえるんだ。これを逃す手はないぜ。もしかしたらあんたの側にその宦官がいるかもしれねぇ。じっくり眺めて、顔を覚えて、通報しない手はねぇさ」

という声が道の向こうから聞こえてきた。

若い男がふれまわる声に、道行く人が足を止め「どれ。一枚おくれ」と声をかけ小銭を渡した。

「はいよ」

と男が応じ、抱えていた紙束を売りつけている。

「あれは……?」

なんだろうと首を傾げてつぶやいた翠蘭に、陸生が「都新聞だ」と返した。

「都新聞?」

「——なんだ。王静は都新聞を知らないのか。南都では、目新しい出来事があると、紙に摺《す》って売ってまわるんだ。どれ、田舎者のおまえのために新聞を買って見せてやろう」

陸生が「一枚おくれ」と男から都新聞を買い取って翠蘭に手渡す。

「これが都新聞だ。社会の出来事を紙に摺って売っている。紙は高いし、摺る手間もかかるから、売れそうな出来事があるときだけ、こうやって新聞にして売り歩く。後宮の醜聞《しゅうぶん》は案外みんな好きなんだ。私たちには関係のない、城の内側の出来事で浮世離れした世界だし――美人たちが死んだり苦しんだりする絵がついてるから」

陸生はそこまで言ってから「あ」と言葉を止めた。話してから、翠蘭が後宮の妃嬪であることを思いだしたのだろう。陸生には関係ない生活なのかもしれないが、翠蘭にとっては日常で現実だ。

「すまん」

「いえ。――いまけっこう、むっとしたので、喧嘩の芝居に入り込めそうです」

「そうか。ならばよかった」

「いや、よくはないですよ……陸生さま」

翠蘭はさすがに言い返しながら、都新聞に目を落とす。

『卑しき盗人宦官　朱張敏、後宮を逃亡』

見出しの大きな文字を読み、翠蘭ははっと息を呑んだ。

――朱張敏。

朱張敏は、朱利香の兄。

さっき陸生に話した皓皓党の一員だという宦官である。

ざらざらとした安い紙に摺られているのは宦官、張敏の似顔絵であった。

鋭く細い目と通った鼻筋に薄い唇。長い髪の一部をひとつかみ頭頂で結わえ、残りを後ろに流している。

黙ってしまった翠蘭の肩越しに陸生も都新聞を覗き込む。

「これは……さっきおまえが話していた宦官だな」

「はい」

翠蘭と陸生は顔を見合わせて奪いあうようにして都新聞を読む。

「ただ逃亡しただけでは賞金などかけられない。ということは皓皓党が絡んでいるのは本当のことなんだな。陛下は本気でこの事件に取り組むつもりだ」

陸生の言葉に翠蘭はぼんやりとうなずいた。

＊

翠蘭が後宮を抜け出して陸生と南都を歩いているその同じ頃――。

義宗帝は内廷の乾清宮の寝室で剣舞《けんぶ》を舞っていた。

白絹の広領衫《こうりようさん》に赤地に龍を金糸で刺繍した直領半臂《ちよくりようはんぴ》を身につけた義宗帝が、流れるような美しい所作で片手で空中に剣を掲げる。袖がするりと捲《まく》れ落ち、しなやかな筋肉の貼りついた腕が露わになる。

義宗帝の肌は滑らかで、月の光のように青白い。

彼の身体はどこをとっても磨き抜かれた芸術品のごとく美しいのであった。

寝台に腰かけてそれを眺めているのは、後宮の明鏡宮《めいきようきゆう》を預かる淑妃《しゆくひ》——馮秋華《フウシユウカ》である。

淑妃は白い肌に黒曜石《こくようせき》の瞳を持つ、儚《はかな》げで愛らしい美女だ。そもそも後宮には美女しかいないのだけれど、そのなかでも彼女の美貌は抜きんでているとみんなが言う。

——でもこの後宮で一番綺麗なのは、陛下だわ。

布沓《ぬのぐつ》に包まれた小さな足を振り子のように交互に揺らしながら、淑妃は、舞う義宗帝をうっとりと見つめた。寝台の傍らに二胡《にこ》が置いてある。はじめは義宗帝の舞いにあわせつまびいていたのだけれど、途中から見惚れてしまって手が止まり、そのまま脇に置いてしまった。

窓も扉も固く閉ざされ、日が差さぬ室内は薄暗い。

「なぜ、そなたは私の剣舞が好きなのだ。いつも眠る前に私に踊らせようとする」

義宗帝の問いかけに、淑妃は「だって美しいのですもの。動いている陛下を見るのが、私、とても好きなんです」と涼やかな声で応じた。

「ただ見ているのもつまらなかろう。〝私たち〟を踊らせるなら、淑妃は二胡を弾いてくれなくては」

義宗帝がそう言って淡く微笑んだ。

——ここには私と陛下しかいないのだけれど。

表向きは、昭儀である翠蘭と淑妃と義宗帝の三人で伽を楽しんでいることになっている。

「私たちとは、誰と誰のことでしょう。踊っているのは陛下おひとりですのに。昭儀は、陛下があまりに執拗《しつよう》にひどいことを求めるのに耐えかねて、寝台で気を失っておりますが」

淑妃が、隣室で聞き耳を立て部屋の様子を記録する役目をつとめる宦官たちに言って聞かせるため、鈴が転がるような笑い声と共にそう返す。

——隠し通路を使って昭儀を外に出したことは、秘密なのだ。

「私ではなく、そなたが昭儀を責め立てたくせに。目を塞ぎ、口に枷《かせ》をして、声もあげられぬようにして——おかげで昭儀のかわいい鳴き声が聞けなかったではないか。そなたはまったく、趣味が悪い」

歌うように節をつけ、義宗帝が返事をした。

義宗帝は、振り下ろした剣に手を添えて、鞘から引き抜く。

白刃が、薄闇のなかきらりと瞬いた。

「昭儀なら剣を振るえるが、そなたはひとりで立つことすらままならぬか弱い身。そなたでは剣舞の相手はつとまらぬ。ひとりで舞うのは、つまらない」

義宗帝は鞘を床に捨て、淑妃の鼻の先で刃を静止させる。

淑妃は、素肌に一枚だけ羽織った義宗帝の龍の刺繡が施された上着の前を細い指でかきあわせ、笑った。

「ひどいことをおっしゃいますのね」

淑妃は足を小さくした纏足《てんそく》の身の上で、長い距離を歩くことはできない。踊るのも無理だ。

事実をそのまま口にして突きつけてくるなんて、義宗帝は、残酷だ。

しかし残酷であっても、やはり彼は美しいと淑妃は思う。

――なにを言われても私は陛下を許してしまう。

なぜなら、淑妃にとって、この退屈な後宮にある「退屈ではない」ものが、彼だから。

どうでもいい現実に囚われたつまらない毎日を、一緒に、悪ふざけをして遊んでくれる保護者。

義宗帝は、どこにも行けない淑妃の不自由さと窮屈《きゅうくつ》さを解きほぐし、笑わせてくれる唯一の存在であった。

「ならば無理してでも舞ってみせましょう。つまらないなんて言われて引き下がれないわ。私、すぐに疲れて寝ちゃうような昭儀に負けたくない」

淑妃は自分の顔の間近で鈍く光る刃にそっと触れて、言い返す。

研《と》がれた刃先を触れれば肌が切られるが、剣身の平らな部分を横から触れる分には傷つかない。

刃を斜めに押して遠ざけると、義宗帝が笑った。

「そこは引き下がれ。昭儀と張り合おうなどと無茶をするな。いいか、翠蘭は私の剣である。そして、そなたは――」

淑妃は義宗帝の言葉を途中で遮った。無礼なふるまいであることはわかっている。それでも淑妃は自分が義宗帝にとって「何者」であるかを告げる言葉を聞きたくなかった。

――私が陛下にとって何者であるかは、私自身が決めたいの。

「私は陛下の火花ですわ。無下に手折《たお》られるだけの花と見くびらないでくださいませ。いざとなればまわりを巻き込んで、爆《は》ぜて、紅蓮《ぐれん》の炎で灼き尽くすつもりでおります。剣になんて負けません」

義宗帝は「うむ」とうなずいた。

そうして剣を片手に持って、すっと腰を屈めて床に捨てた鞘を拾い上げる。そのまま刃を鞘にするりと収め、

「そなたを無下に手折ったつもりはない」

と柔らかく告げた。

「はい」

そう――淑妃は無下に手折られたことがない。

そもそもが伽に呼ばれ、裸体をさらしているのだが――淑妃はまだ義宗帝と結ばれたことはないのであった。

手折らないでくださいと頼んだのは淑妃である。

――まさかそれが許されるなんて、思いもしなかった。

義宗帝は「私は無理強いをするのは嫌いだ。嫌ならばそれでいい」と応じてくれた。

それだけでなく初夜の証にと、淑妃が用意してきた血で床《とこ》を汚す偽装に荷担してくれた。

淑妃は義宗帝と結ばれるのは嫌だったが――同時に、義宗帝に寵愛《ちようあい》されない妃嬪の立場を受け入れたくはなかったのである。乾清宮に呼ばれ伽をつとめるふりをして、義宗帝に愛されているとまわりに認めてもらいたい。

――そのかわりに私が陛下に差しだせるのは、私の忠義と、私の知恵だけ。

断られると思ったのに「そなたがそうしたいなら、するがいい」と、笑って応じた。

――それだけじゃない。私が学ぶためだけの特別な宮が欲しいと願ったら冷涼殿《れいりようでん》という家屋を離れに造ってくれた。

そうして――新枕《にいまくら》をかわした夜からずっと、淑妃と義宗帝は宦官たちに偽の記録をつけさせるための嘘の芝居をくり広げている。

――記録を取る宦官をだましてみせたいというお願いも「そうしたいなら、するがいい」とうなずいてくれて。

淑妃のたいていの提案を、義宗帝は「そうしたいなら」と許した。断られたのは、他人の身体を傷つけかねないことだけ。

おかげで、淑妃も義宗帝も無駄に演技が上手くなっていった。

艶《なま》めかしくあえぐふりをしたり、ときには苦痛の声をあげたり。

いつも、笑いをこらえてふたりでふざけて過ごしている。

——これは陛下と私だけの秘密。誰にも教えない秘密。

「火は、美しい。そなたも美しい。けれど、我が身を制御しそびれて爆ぜてしまう類の火花を、私は許さない。私の側で咲きたいというのなら、爆ぜぬように、慎め」

優しく微笑みながらも、義宗帝の声音は冷たい。

黒真珠の輝きを放つ双眸が、淑妃の全身を見据えている。

剣を突きつけられるより、検分するように見つめられるほうがずっと怖いと、淑妃は思う。なにもかもを暴かれてしまいそう。隠したい本音も、淑妃の愚かさも、弱さもなにもかも。

「……はい」

「うむ。私はそなたの賢さと強さをなにより愛しく思っている」

義宗帝がそう続け、淑妃は静かに頭を垂れる。

──私を賢いと言うのも、強いと言うのも、陛下だけ。

賢さなんて女にはいらないのだと淑妃はずっと思っていた。強さもいらない。足を縮めて守られて美しく花を咲かせていればそれでいい。学びたいと願ったところで、どうせ自分は「何者にも」なれはしない。ただの美しい女としてどこかに嫁いで、誰かの母になって、それで終わり。

それが淑妃の知る世界。

だというのに、そうではない生き方を心の底で望んでいた。

淑妃の本音を、義宗帝は探りあて撫でまわしたのだ。

──だから私は陛下が好きよ。

義宗帝は剣を寝台に放り投げ、黙り込んだ淑妃の隣に座って顔を覗き込む。

「さすがに疲れた顔をしている。少し寝るといい」

「はい。でしたら陛下もおやすみください。陛下の寝顔を見守るひとときは私の喜びです」

義宗帝は誰といるときでも心から安らぐことはないし、「眠る」と言いながらも本当に眠ってしまったことはないのは知っているのだけれど。

義宗帝が「うむ」と小さくうなずき、寝台に横になりまぶたを閉じる。

と──。

コツコツと小さな音がした。

柘植の大きな棚の奥にある床のはめ板をたたく音だ。

――昭儀が戻ってきたのね。

すぐに義宗帝が目を開き、起き上がった。素早い動きであった。ちらりと義宗帝が目配せをするから淑妃は二胡を手にして奏でる。聞き耳を立てているかもしれない隣室の宦官たちの意識を散らすため。

義宗帝は寝台から床に軽やかに飛び降りることができる。さっと走って秘密の隠し通路である床のはめ板を持ち上げた。淑妃はその背中をぼんやりと見ていた。

義宗帝が床下に手をのばす。

引き上げられて、昭儀が地下通路から這い上がって顔を出した。

腕をからめ合い、義宗帝と昭儀が互いを見つめあっている。地下通路から抜け出た昭儀は出ていったときとは違う粗末な衣装を身につけて、顔も汚れている。

それでも、床に手足をつけてこちらを見上げる表情は、どこか晴れやかな笑顔なのであった。

彼女は、楽しい遊びをして返ってきた子どものような笑顔を、義宗帝と淑妃に向ける。

――ちょっと妬《ねた》ましいわね。

そう思いながら、淑妃は寝台から降りることなく、二胡をひき鳴らした。

2

翠蘭が後宮から抜け出て南都を歩いた日の翌日の朝である。

――結局、昨日は言われたとおりに陸生さんのおうちで近所の人たちの耳目を集めるくらいの言い争いをして、飛び出してからまっしぐらに後宮に戻ったんだけど。

考えれば考えるほど変な一日であった。

果たしてあれで良かったのだろうかと、翠蘭はあらためて昨日の出来事を思い返しながら早朝から剣の型稽古を行っていた。

鍛錬である。

柔軟をしてから近くを走ってまわり、腹筋と背筋を鍛え、お気に入りの剣を携えて構える。

「おはようございます、娘娘《ニャンニャン》。ご飯ができましたよ」

ひとしきり汗を流した頃合いで、明明が曲廊を歩いてきて、そう声をかけてくる。

明明は切れ長の眼が印象的な、爽やかな美女である。今日は前髪を上げ、髪を高くひとつに結い、銀の簪でまとめていた。水色の上襦《じょうじゅ》に施されている刺繡は青い小菊で、裙は藍色だ。

「ありがとう。いま行くわ」

翠蘭は袖で汗を拭って、明明の後をついて餐房《さんぼう》に向かう。

翠蘭の衣装は淡い菫《すみれ》色の男装だ。襟と帯に明明の手による菊の刺繡が入っている。翠蘭の菊は、小菊ではなく大輪の紫の菊である。お揃いでありながら、翠蘭の花のほうが華やかであることに明明の気配りが感じられ、頰がふわりと柔らかく緩む。

弾む足どりで餐房にいくと、そこで食卓を整えて待っていたのは宦官の雪英であった。雪英は頭頂が丸くなった帽子をかぶり、明明より濃い青の布地の袍服で藍色の帯に青い小菊が刺繡されていた。

「雪英。その服、とても似合ってる。嬉しいな。菊の刺繡がお揃いなんだね。私たち」

翠蘭が声をかけると雪英がはにかんだ笑みを返した。

刺繡に気づいてもらえたことが嬉しかったのか、明明もにこりと笑顔になった。

翠蘭は雪英が引いてくれた椅子にさっと座り、

「ご飯にしましょう。みんな、座って」

と告げる。

明明と雪英が胸の前で手を合わせて礼をとってから、椅子に座る。

水月宮は、妃嬪も宮女も宦官もみんなでひとつの卓を囲んで一緒に食事をとると決めている。翠蘭含めて、たった三名だけで営んでいる宮なのだ。互いに助け合い、立場の差を気にせずに仲良く暮らしたいというのが翠蘭の望みだった。

「今日は煎餅《ジエンビン》だけで油条《ヨウテイヤオ》は作りませんでした。もし娘娘が食べたいなら揚《あ》げてきますが、条件があります」

翠蘭の隣に座った明明が、翠蘭の顔を覗き込み、そう言った。

練った小麦を揚げた油条は翠蘭の好物のひとつだ。

でも、米粉を水で溶いたものを鉄板で薄く焼き、卵を落として、味噌だれを塗って肉や野菜を挟んで折り畳んだ煎餅も翠蘭の好物なのだ。

というより明明の作るものはどれもこれも美味しくて、なにかひとつを選べない。

翠蘭は、これだけあれば油条はなくてもいいけれど、と思いながら、

「条件って？」

と上機嫌で明明に聞き返す。

「悩んでること、ありますよね？　打ち明けてください。娘娘は、昨日乾清宮から戻ってきて以降ずっと浮かない顔をしていらっしゃる。もしかして、また、陛下におかしなことを頼まれたんじゃないですか？」

なんでまた、と翠蘭は思う。昨日の今日でもう察知されている。

明明は、鋭すぎる。

「悩みなんてないよ。明明はどうしてそんなこと思ったのかな?」

身体が自然に斜めになっていた。明明の視線を避けてそっぽを向く。

「娘娘、ちゃんとこっちを見てください」

ぴしりと言われ、仕方なく翠蘭は明明を真っ向から見返した。

三つ年上の明明とは「翠蘭が生まれたときから」のつきあいだ。血はつながっていないのだけれど、翠蘭は彼女を姉のように思い、慕っている。付き添って後宮にやって来て宮女として仕えてくれている明明に翠蘭は頭が上がらない。

「ごめん。たしかに悩みはある。でも言いたくない」

どんな嘘でも明明に見抜かれてしまう自信があったから、清々しいくらいに元気にそう言いきった。

「言いたくなくても、私は娘娘の話が聞きたいんです」

「私は聞かせたくないの。ごめん」

苦笑いを浮かべた翠蘭に、明明が寂しそうにうつむいた。

「娘娘……そんなに私は頼り甲斐がないんでしょうか」

「いや。そういうわけじゃなくて」

叱られるのなら、笑って流せた。小言をぽんぽんと投げつけられるなら、ごまかすことができた。

けれど泣きそうな顔をされてしまうと、翠蘭はうまくやり過ごせない。

「私だって相応の覚悟をしてあなたと共に後宮に来たんですよ。なにかに悩んでいるのなら、打ち明けてくださったっていいじゃないですか。ひとりだけでなにもかもを解決しようとしないでください。私はなんのためにここに来たのか、空しくなってしまう。そうでしょう？　雪英だって娘娘の役に立ちたいでしょう？」

さらに明明は、雪英までも巻き込んだ。

雪英が「はい」と小声で応じる。

「でしょう？　娘娘がここまで拒絶するってことは、よっぽどのことを頼まれたんだわ。幽鬼を祓ったり、髑髏にまつわる事件を調べたりするより、もっととんでもないことを頼まれた……？　雪英は宦官の知り合いたちになにか聞いてたりしないかしら。教えて」

明明は翠蘭ではなく、翠蘭の斜め前に座っている雪英に尋ねはじめた。翠蘭本人を目の前にして、そんな相談をしないでもらいたい。

「奴才《どさい》……の知り合いたちに？」

突然話を振られた雪英が目を丸くして固まった。

雪英はいまだ上下関係にとらわれていて、翠蘭と一緒に食事をとることに罪悪感を覚えているようである。居心地が悪そうに背を丸め、椅子の端にちょこんと座り、隙あらば立ち上がって仕事をしにいこうと身構えている。

「ええ。雪英はずっとここで働いていたのですもの。知り合いも多いし、なにかのついでに耳に入る噂もあるでしょう？　それに宦官の情報網はあなどれない。昨日、娘娘が乾清宮で陛下になにを命じられたかを知る糸口が見つかるかもしれないわ。娘娘が教えてくれないなら、私と雪英で、娘娘がどんなろくでもないことを企てているのかを調べましょう」

明明がつんと顎を上げて雪英にそう話を持ちかけると、

「あの……それは」

雪英はちらちらと翠蘭を見て言葉を濁した。

「その顔は、なにかを知ってる顔だわ。雪英、教えてちょうだい」

明明が身体を前に乗り出した。雪英はしきりに目をぱしぱしと瞬かせて「言えません」と小声で応じた。

「言えないって、なんで」

とつめよったのは明明で、

「言えないって、なにを」

と尋ねたのは翠蘭だ。

——言えないってことは、雪英をはじめ宦官たちは私が後宮から抜け出したことに気づいているの？

そういえば乾清宮にある義宗帝の私室の隣の部屋にはいつも宦官がいて、部屋での様子を聞いていて、記録をとっているという話である。

続いて、翠蘭と明明の声が重なった。

「「なにを知っているのか、話してよ雪英」」

こんなときでもふたりの呼吸はぴったりと合っている。同じ言葉を同じ間合いで口走ったことに驚いて、翠蘭と明明は互いに顔を見合わせた。

雪英は女ふたりに大声で問いつめられ、観念したようにして口を開いた。

「奴才が聞いた話は……昨日の伽は……その……すでに淑妃さまがいらっしゃったという話で。でも、娘娘っ。後宮ではたまにそういうことがあるのです。娘娘が軽んじられたわけではなく——軽んじられたと噂されることもあるかもしれませんが——決してそのようなことはございません。恥ずかしいことでもございません。その……ですから……」

しどろもどろになって雪英が言う。

翠蘭は呆気に取られた。

たしかに、昨日、淑妃が、いた。

いたけれどその後の衝撃のほうが強すぎて、淑妃と三人で乾清宮で伽をつとめたことになっているのを忘れていた。

「淑妃さまが、いらっしゃったわね。そうね」

言葉がぽろりと転がり落ちた。

それを聞いた明明の顔がぱっと赤くなり、なんとも言えない空気が部屋を支配した。徹底的に色恋沙汰に向いていない翠蘭と、翠蘭同様、そういう知識がまったくない明明である。

——そういうんじゃないんだけど、じゃあどう過ごしていたんだって説明もできないし、どうしよう。

ごまかし方を考えていたら——雪英が椅子から床に降り、跪いて訴えた。

「申し訳ございませんっ」

なにが申し訳ないのかわからなくて、翠蘭は困り果てて笑い、立ち上がって雪英の側に回り込む。

「雪英。申し訳なくなんてないから、顔を上げて」

「はい」

のろのろと顔を上げた雪英の目に涙が浮かんでいる。

——私が傷ついたかもと思うと、泣いてしまうなんて。

「この後宮の妃嬪の皆様はそれぞれに磨かれた玉でございます。けれど翠蘭娘娘は玉ではなく研がれた剣。私はそれを存じております」

真摯に見上げる目が涙を宿してきらめいている。

翠蘭は、参ったなあと、腰を屈めて雪英の頬に手を添えた。自分は雪英にこんなに美しい顔で見つめられるような人間ではない。

まっすぐな目に気後れし、親指で雪英の涙をさっと拭う。

「なんて言えばいいのかわからないけれど、そうね。雪英、私は、あなたのために研がれた剣でいられるよう努力をするわ。ありがとう」

——このまなざしにふさわしい剣になりたい。

そんな想いがふわりと胸を過った。

けなげな目をした雪英の頭を撫でたいような気持ちになったけれど、ぐっと耐える。帽子が邪魔だったのと、宦官で浄身したとはいえ、雪英は、もとは「男の子」だったのだと思いだしたので。男ならば人前で髪に触れられるのは恥ずべきことらしいから。

「——無用な言い争いはやめて、ご飯食べよう」

ほら、と雪英のために椅子を引く。雪英は恐縮して身体を縮こまらせている。手を引っ張って無理矢理に椅子に座らせ、煎餅を一枚手に取って、空っぽの皿の上に置いた。

「言い争ってはなかったんですけど、ご飯を食べましょう」

明明が同意した。

「それから……ごめんなさい。もう二度と、娘娘が言いたがらないことを聞こうとしませ

「うん。ありがとう。言わなくちゃならないことは、いずれ話すから。話せるようになるまで待っていて」

翠蘭が明明に告げると「はい」とうなずかれた。

ごまかすことができたのはありがたいが――どこか、いたたまれない心地で頬が引き攣《つ》った。明明が想像しているようなことは、起きていないのである。

でも――真実は言えなかった。

仕方なく、新しい煎餅を手に取り頬張った。表面がぱりっと焼けた皮に、甘じょっぱい味噌と、肉と香菜の取り合わせが絶品だ。

「煎餅だけじゃ足りないでしょう。豆腐花《トウファ》もありますよ」

気を取り直したように、明明が優しい声で雪英に語りかけた。

豆乳を澄まし粉で固まらせて蒸した豆腐花は、ぷるぷるつるつるした食感で、食欲がないときでもするすると食べてしまえる。

「醬油《しょうゆ》を垂らして食べたら食事になるし、黒蜜をかけて食べると甘味になる。――醬油にしますか？　黒蜜がいい？」

雪英も変な雰囲気を払拭したいのか「あの……黒蜜がいいです。甘いのが好きです」と、いつになく自分の好みを主張した。

「「わかったわ」」

と翠蘭と明明がまたもや同時に返事をした。

ふたりで豆腐花の容器に手をのばし、手が重なった。あまりにも息が合いすぎているのがおかしくなって、顔を見合わせ、笑いだす。

「じゃあ私が雪英に」

と、翠蘭は雪英に豆腐花を取り分け黒蜜をたっぷりと垂らした。

そして明明は翠蘭に豆腐花を取り分け、翠蘭の目の前に醤油と黒蜜の入った容器をふたつ滑らせて寄こす。

「どうせ娘娘は両方お召し上がりになるんでしょう？　醤油と黒蜜。たんと作ってるから大丈夫です」

「明明はなんでもお見通しだなあ」

この優しくて、自分の嘘を見抜く大切な人をいつまでごまかしきれるだろうかと思いながら、翠蘭は豆腐花に醤油を垂らし匙《さじ》で掬《すく》う。

と――。

閉じられた門戸を叩く、ものすごい音が聞こえてきた。力任せに扉を叩く音の後ろでがらんごろんと銅鑼《どら》が鳴る。

「陛下のおなりである。陛下のおなりである。水月宮の門戸を開けよ」

義宗帝の先触れの宦官たちの大声に、雪英が慌てて椅子から飛び降りて、門を開きに走っていった。

その少し後――。

先触れこそ出して寄こしたものの、いつも通りに、義宗帝は供も連れずにひとりで水月宮の門戸をくぐったのであった。

すっとのびた首を覆うのは白絹の襟。身につけた直領半臂は真紅の地に豪奢《ごうしゃ》な金糸で龍と鳳凰が刺繡されている。頭の上でひとつかみだけゆるく髪を束ね、布と簪でまとめ、残りの髪は背中に長く垂らしている。

「またお供も連れずにふらふらと歩いていらっしゃる。なにかあったらどうするんですか。太監《たいかん》に叱られますよ」

迎え入れた翠蘭が拱手しながら小言を言うと、

「なにかあったら、そなたがどうにかしてくれると信じている。それに帰り道はそなたが私を送ってくれるから安心だ。そうであろう？　我が剣よ」

と返ってきた。

付き添われる気満々である。

あからさまに嫌そうな顔をしている明明を尻目に、義宗帝は上衣の裾をさっと払って当たり前の顔をして翠蘭の隣の椅子に座る。

条件反射のように翠蘭は自然と義宗帝に、食べかけの煎餅を手渡した。明明が翠蘭の前にあった皿を義宗帝の前に置き、雪英が翠蘭の使っていた箸をそこに添える。

義宗帝は平然とそれを受け取った。

どうして食べかけのものなのかというと、義宗帝は毒味をしてもらったもの以外を、口に入れないからである。そして水月宮では、毎回、翠蘭が義宗帝の毒味をつとめることになっている。皿も箸も、翠蘭が使用したものを使う。いつのまにかそうなった。

「座ることを許す」

義宗帝に指示されて、全員がのろのろと椅子に座る。水月宮以外で、義宗帝と同じ卓を囲んで宮女や宦官が椅子に座るなんて許されるはずがないが、ここではこれが通常なのだ。

「陛下、なにをしにいらしたんですか。まさかご飯食べにきたんじゃないですよね」

翠蘭がおそるおそる聞くと、

「その通りだ。食事をしにきた」

なにを馬鹿なことを聞くのかというように目をすがめられた。

「そうですか……」

翠蘭は力なくうなずいた。

翠蘭はじめ、明明と雪英の三人で、義宗帝が幸せそうに煎餅を食べる姿を見つめる。

神仙のごとき美貌の主は、今日も今日とて見目麗しいし、まわりの人のことなど一切気にとめずやりたいようにやっている。

しかし今日は、とにかく気まずい。

直前までの雰囲気が尾を引いていて、義宗帝に対しての明明の目つきがいつも以上に険しくなっている。こんなふうに睨まれていたら食欲をなくしそうなものなのだけれど、さすが義宗帝、まったく気にしない。

「明明の作る料理は美味しいですからね」

そうつぶやくと「その通りだ」と義宗帝が深くうなずいた。心底、そう感じているのが伝わる言い方だった。

――こういうところに、ほだされるのよ。

翠蘭は、義宗帝の視線を追いかけて、食べたそうにしているものを先にひとくち食べてから彼の前に皿を寄せる。

雛鳥の世話をする親鳥になった気分だが、これはこれで嫌いではない。なにせ義宗帝は美味しいものを食べているとき、ひどく幸福そうな顔になる。

せっせと食べて義宗帝に手渡して、自分も自分で好きなものに口をつける。

かちゃかちゃと食器の触れあう音がする。

翠蘭が豆腐花に黒蜜をかけて甘くして、つるりと食べたとき――。

「これからしばらく私は水月宮で毎日の朝食を取ることにする」

義宗帝が低い声で告げた。

彼の投じた言葉に餐房のなかがしんと静まり返った。

明明が翠蘭の顔を見た。雪英も翠蘭の顔を見た。翠蘭は義宗帝の横顔に視線を向けて
「貴き龍にそのようなありがたい言葉を賜り感謝を申し上げます」と告げる。

感情のない平坦な言い方なのが自分でもわかった。そう言わないとどうにもならないから、言っただけである。

「うむ。太監に申し伝えて山海の珍味をここに運ばせる」

しかし義宗帝は澄ました顔でうなずくのであった。

運んでもらったらなにか作るしかないではないか。

明明が一瞬ものすごく不本意そうな顔をしたが、すぐに取り繕って拱手した。明明の後に翠蘭も慌てて胸の前で手を合わせ「ありがとう存じます」と感謝を述べる。

「水月宮での食事は楽しく美味しい。そして昭儀は愛らしい。私は龍の末裔である。この私に毎日会いたいと願われることを光栄に思うがよい」

堂々と言う義宗帝に、明明が唇をきゅっと横に引き結んだ。

雪英もばしばしと瞬きをして聞いている。

翠蘭はしばし逡巡してから「はっ。ありがたき幸せでございます」と頭を下げた。

そうして義宗帝は食事を終え、翠蘭を伴って水月宮を出た。

連れ立って外に出ていく翠蘭たちを見送る明明の顔は暗かった。無体なことをされるのではないかと心配しているのだろう。

——淑妃と三人でどうこうっていう話がなかったら、私が寵妃《ちょうひ》となったことで明明も雪英も納得してくれたんだろうけどなあ。

「陛下。今日も私はこのまま淑妃さまと供に伽札をいただくのでしょうか」

翠蘭の質問に「伽札の用意はしていない。なんだ。伽がしたいのか。執務が滞っているのであまり時間は割けないが、そこまで熱意があるのならば、私を乾清宮まで無事に送り届ける栄誉を与えよう」と返事があった。

つまり——伽をする気があるなら乾清宮の私室まで来いということだ。

義宗帝は、翠蘭の少し前を歩いている。すっきりとのびた細身の背中を翠蘭は目を細めて見つめる。

「いやいや、執務のお邪魔をするのは畏れ多いので」

即答したら義宗帝が低く笑った。

屈託のない、思わず零れたような笑い声だった。義宗帝は翠蘭が伽を望んでいないことなど、はなから承知しているのである。

「私はそなたのためなら執務を滞らせてもかまわないのだが、そなたがそう言うのであれば仕方あるまい」

「はっ」

「昭儀、もう少し私の側に。隣に並べ。声が届くように」

「はっ」

駆け寄って義宗帝の横を歩く。

秋の風が翠蘭の頬を撫でていく。

今日の空は曇天《どんてん》だ。錆《さび》ついた小銭に似た色の太陽が、雲のあいだにぽつんと浮いている。

まだ朝なのに日差しはどんよりと暗く、重たい。

「何度も伝えている。私はどの妃嬪に対しても無理強いはしない。今日は、ただ、そなたの顔が見たくなって水月宮に出向いたのだ。私にもそういうことがある」

「そういうことがって……」

戸惑って聞き返したら、

「昨夜、外廷で陸生から報告を聞いた。陸生はそなたのことをいたく気に入り、誉めていた。それで、そなたに会いたくなったのだ」

と言葉が続いた。

どんな表情なのかと覗き込むと、義宗帝は真顔であった。

「お誉めの言葉を、ありがとうございます?」

誉められるようななにかをしたのだろうかと思ったから、語尾がおかしな感じに上がってしまった。

外に出て、道を覚えて、陸生の家に行って口喧嘩をして、それだけすませてとっとと帰ってきただけだ。

命じられたからにはと、拒否もせず、無謀なことをやってのけたところは誉められてもいいのかもしれないけれど。

義宗帝は立ち止まり、首を傾げる翠蘭を微笑んで見つめた。

「陸生にそなたを誉められて、私は嬉しくなった。こういう喜びを覚えるのは心地良い」

「は……い?」

「自分の持ち物が美しいと誉められたことは多々ある。手にした剣を、よく斬れる素晴らしい逸品だと認められたこともよくある。しかし今回の陸生の誉め言葉は、それらとは違うものに受け取れた。私は、そなたが誉められたことが誇らしく感じたのだよ。我が剣」

「どういう意味ですか……」

「意味はない。それでも伝えておこうと思った。それだけだ」

それだけか、と思いながら翠蘭は義宗帝の言葉を受け止めた。

それだけのことが、妙にこそばゆいように嬉しかった。

＊

そうして、陸生が翠蘭と最初に出会ってから三日後。

陸生は、今度は書庫ではなく、外廷の宝和宮の外で王静――厳密に言うと変装した翠蘭――と待ち合わせることになった。

ぼんやりと道の端で待っていたら、王静が宝和宮から出てきて背中を丸めて駆け寄ってきた。

身を屈めて急いで走ってくる姿は、どこからどう見ても「田舎から出てきて作法に戸惑う若者」であった。まったく妃嬪に見えなくて、びっくりしてしまう。

「ふむ。おまえは田舎じみた若者姿が似合っているね。素晴らしい」

王静の全身を眺めた陸生の唇から言葉が転がり落ちる。

誉めたつもりだったが、王静は少し情けない顔になった。

ただし、見覚えのない長い布をのどのまわりに巻いていて、それだけが飛び抜けて上質なのが気になった。

長布は、川蟬《かわせみ》の羽根に似た青が鮮やかな薄い絹地である。

陸生がのどを見つめているのに気づいたのか、王静が小声で告げる。

「この布は、のどぼとけがないのを隠すためにつけなさいと、淑妃さまに渡されました」

「ほう。淑妃さまに。その発想は私にはなかったな。たしかに、おまえののどぼとけはつるりとしている。男だと言い張るならば、隠したほうがいいのだろうな。しかし、他に比べてその布だけが高価なのがわかる。目立ちすぎる。うちに戻ったら別の布を用意しよう」

「はい」

王静がうなずいた。

そのままふたりは三日前と同じにあれこれと話したり、輿に載った貴族たちをやり過ごしたりして歩き午門をくぐり外に出て、陸生の家に向かった。

王静を陸生の家に連れていくのは今回が二度目である。

午門を抜けた城下町——門に近い場所は貴族や官僚たちの住む広い屋敷が軒を並べているが、先に進むにつれ道は細く、家屋は小さくなる。

陸生は自分の後ろをついて歩く王静が、途方に暮れた顔をして裙の裾をつまみあげているのを振り返って見る。ひょいひょいと歩く足どりは軽快で、王静なりに気を配って歩いているのがわかる。

けれど、気にかけたところで下町の細道を綺麗な裾のまま歩くのは無理だった。

王静の沓はどろどろに濡れ、裙はなんの汚れかわからない茶色の染みで色が変わっている。

陸生の沓も裾も同じだ。しかし陸生はそんなことを気にもとめない。

陸生は立ち止まり、王静を叱責する。

「遅れるな」

「はい。すみませんっ」

謝罪して駆けてくる王静は、それでも裾をつまんでつま先立ちで歩くことをやめなかった。

「汚れるのを気にしていたら歩けない」

ぼそりと言うと、王静が「はい」とうなだれて、裾から手を離した。

どこからともなく漂ってくる腐敗臭が耐えられないのだろう。ふと見れば、王静は片袖で鼻を覆っている。

そういえば――と、陸生はかつて自分は、午門をくぐった先の宮城の、掃き清められて塵《ちり》ひとつ落ちていない石畳の道に大層驚いたのだったと思いだす。

陸生にとって、宮城の素晴らしさを思うときに一番はじめに脳裏に浮かぶのは、白い道である。

外廷での科挙試験を受けるために、午門をくぐった先――陸生の目の前に、白い石が敷き詰められた大路がずっと長く続いていた。

それまでの彼が歩いてきた、路肩に腐敗した魚や壊れた木箱が積み上がった土の道とは違う、清潔で整った大路。

この道を毎日歩きたいと、あのとき、陸生は思った。

そうして陸生は無事に科挙に受かり、官吏となって、日々、白い大路を歩きまわっている。

しかし清潔な道を歩くことを望んだ陸生が、いま暮らしているのは、南都の川沿いにある、くたびれた街並みのあまり治安がよくない地域であった。

下町のこのあたりの家屋は、肩を寄せ合うように間を詰めて建っている。そのなかで陸生の家は広さと造りの贅沢さが目立つ。初日に連れてきたときも王静はきょろきょろとあたりを窺い、目を丸くしていた。いままでこういう町で暮らしたことがなかったのだろうと、それで知れた。

今日の王静は、初日のときよりさらに陸生から離れがちで、歩みが遅い。

はじめてのときはここまで離れることはなかったのにと、陸生は眉を顰め振り返る。

王静はしきりに後ろを気にして、なにかを確認している。

「どうした？」

問いかけると、王静が首を傾げてつぶやいた。

「今日は、なんとなく視線を感じるんです」

「視線？」

陸生は首を長くのばして王静の背後を見渡した。

「誰もいないようだが？」

「そうですよね。気のせいでしょうか」

「まさか誰かにあとをつけられているというのか。どこからだ？」

書庫から出てきたところを見られて、あとをつけられたのならば問題だ。

「繁華街のあたりからなんですよ。なんだかじろじろと見られているような気がして。賑わっている往来を抜けて、町はずれの道を歩きだしても、やっぱり見られている気配がしたんです」

王静がひとしきり首をひねりながら困り顔で陸生を見返す。

「気にとめておこう」

陸生はそう告げてから「帰り道も気にかけて帰るように」と小声で続けた。

「はい。もちろんです」

そうやって話しているあいだに陸生の家の前まで来た。

「うちまでの道は覚えたか」

家の前で立ち止まって尋ねると、

「はい。覚えました」

と返事をした。

「そうか」

と、陸生は王静を伴って自宅の門をくぐる。

家のなかから妻の明林《メイリン》が顔を出し、出迎えてくれた。明林の髪は明るく茶色がかってい
て癖がある。おそらく何代か前まで遡ると西の国の出身の者がいるのだろう。目鼻立ちも
くっきりとしていて、瞳も淡い鳶色《とびいろ》だ。

「お帰りなさいませ」

と拱手する明林の後ろから、十二人の子どもたちがわらわらと顔を出す。

「お帰りなさいませ‼」

子どもらが明林を真似て、一瞬だけ胸の前で手を合わせた。小さな子のきちんとした形
になっていない拱手が微笑ましい。

上は十歳から下は六歳まで。彼らはこの近所で暮らす家の子どもであって、陸生たちの
子ではない。

「ただいま。勉強は進んだか？」

陸生が居間の扉を開ける。王静と明林と子どもらが彼の後ろについてくる。

一番年上の十歳の男の子が胸を張って「うんっ」と弾んだ声をあげた。

「嘘つきっ。陸生さん、お兄ちゃんは、さっきまで明林さんにねだっておやつを食べて、

他はなんにもしてなかったよ」

途端に彼の三つ下の妹がそう言ったので、

「うるせっ。告げ口すんなっ」

と兄が妹の髪を引っ張った。

「こら、兄妹喧嘩はやめなさい」

陸生が割って入って引き離すと、そこからは全員がてんでに好きなことを言いはじめる。賑やかすぎて耳が痛い。

陸生は背もたれに布の貼られた長椅子に座り、子どもらの言い争いをしばらく聞いてから、声を張り上げた。

「静かに学べる者は残れ。菓子を食べて帰りたい者は、帰れ。遊びたい者は外に」

そうしたら子どもたちは「はーい」と返事をして、蜘蛛の子を散らすように外に出ていった。

誰ひとり残らない。

陸生ががくりと肩を落とすと、明林が「仕方ないですよ。このあいだ王静さんが旦那様と大喧嘩をしたのを、あの子らは側で見てましたもの。また喧嘩をされたらとばっちりだと思っているのでしょう」と慰めてくれた。

「そうか。私たちは書斎にいく」

うなだれて部屋を出る。

王静が慌てて陸生の後ろをついてくる。

「では、お茶のご用意をいたしますね」

明林の声を背中に、廊下を歩き書斎に入ると、それまで黙っていた王静が口を開く。

「なんていうか……陸生さんも明林さんも、すごいですよね。最初に来たとき、驚きました。あいている時間にも、自分の子どもでもない赤の他人の子どもらに無償で勉強を教えてるなんて……」

陸生は、普段、書き物をしている机に座り嘆息する。

「妻はすごいが、私は別にすごくはないですよ。自分がしてもらってありがたかったことを、誰かにして返しているだけです。私は幽州《ゆうしゅう》の舟乗りの家に生まれた八人兄弟の末っ子で、普通にしていたら文字の読み書きすら学ぶことはできなかったのです」

――陸生の親は船乗りだった。

水路の発展した華封では船乗りは人気の仕事だ。身体が大きく力がある男たちはだいたい船乗りになる。稼ぎは少ないが、食いっぱぐれがないからだ。南都の川を渡らせる小舟の漕ぎ手にしろ、海を渡って他国と貿易をする船の水夫たちにしろ、いつか金を貯めて自分の船を持つのが生涯の夢だ。

船乗りたちは、総じて気っ風《きぷ》がよくて喧嘩っぱやい。

陸生の父もそうだった。

口より先に手が出る。幼いときの陸生は、躾《しつけ》としてよく父に殴り飛ばされていた。子ども同士の喧嘩をして負けて帰ってきたら殴られた。親に命じられたことをうっかり忘れても殴られた。

陸生は親からするとんでもない変わり者だったようだ。戦いごっこをして遊ぶより、日がな一日、空や雲を眺めたり草花を見ていたりするほうが楽しいと真顔で言う子どもであった。

そして、八歳の頃、陸生の日々が一変する。

近所で暮らす学者崩れの年寄りが、気まぐれに陸生に読み書きを教えてくれたのだ。

陸生はあっというまに文字を覚え、次に算術に夢中になった。学問などなんになるというのが陸生の生まれた界隈《かいわい》の大人たちの総意だったが、算術はできて困ることはない。親の言いつけを守って家の仕事を手伝えば、残りの時間は好きにできた。

学者崩れの年寄りが陸生の親に「おまえさんたち。この子は神童だ。下手をしたら科挙に受かるかもしれないよ」と言ったところで、親は本気にしなかった。

科挙試験に受かれば官僚となり帝都で食いっぱぐれがない人生を送れる。

だけどまさかそんな子がうちに生まれるはずはないだろう？

と、誰も信じやしなかったのに、その「まさか」が現実になったのは、陸生が二十二歳のときだった。

「私は近所で暮らしている親切な大人に学ぶことの楽しさを教えてもらって——それでなんとか科挙に受かりました。お世話になった恩返しをたくさんしたかったのですが、その人は一昨年亡くなってしまった」

それから——陸生は、時間があるときに近所の子どもらに学問を教えるようになった。自分と似た境遇の子どもらに、なにかしらの夢を持ってもらいたくて。

「学問は努力できる者にとって平等です」

陸生は、学問こそが、貧しい人が生きていく道を変えることのできる唯一の手段だと思っている。

科挙受験の際に門をくぐり、試験を通過さえすれば、汚れて腐敗臭のする道ではなく、白い石の敷きつめられた大路を歩くことができる。

だからこそ、陸生は、院試の不正が許せないのだ。

陸生は、科挙試験だけは誰にとっても平等で、努力さえすれば手に入る「夢」であって欲しいと願っているのであった。

「さて、その科挙試験についてですが」

咳払いをして王静を見る。

「はい」

王静の背がすっとのびる。

「試験は三年に一度。その前に県の地方官のもとで県試を、合格すると次いで府の府試を受け、さらに合格すると学政のもとで院試を受けます。院試に合格してやっと国立学校の入学資格を得られる。王静は次の院試を受けることになっておりますが……」

今回調べようとしている院試の不正は、答案用紙のすり替えによるものだ。

院試に合格した者たちのうちの何名かの答案用紙の筆跡が、その後の提出物の筆跡と違っていた。試験会場において本人確認は厳重で、別人が成り代わって受験するのは難しい。おそらく学政は事前に側近の者に問題を配付し、正解の答案用紙を用意させ、それを受験者に渡し現場で答案をすり替えて提出させたのだ。

監督をしている学政が答案のすり替えを見逃しさえすれば、ことは成る。

「あなたは、いまのままでは後一歩で不合格。特に詩が良くないようです」

よく考えてみれば囮なのだから詳しく学ばせる必要はないのに、ついつい本気で教えてしまう。このあいだもそうだった。おかげで熱が入って大声で怒鳴るはめになり、逃げまわる王静を陸生が追いかけて、最後は王静が庭の木に登って門を飛び越えて逃亡した。

猿のような身軽さであった。

「……どうして官僚になるのに詩が必要なんでしょうかね。政策について論じるのも、難しい書物を暗記するのも、必要だと言われれば納得します。でも韻を踏んだ美しい詩歌を、過去の名作を踏まえて作らなくてはならないのは謎すぎます」

王静が真顔で唸っている。これは前回も論点になった。

「それが教養というものです。あなたの詩は、目の前のものを素直に詠み上げていて捻りがない。そういうのは田舎者の独り言」

「いや、だって、私は田舎者ですから仕方ないじゃないですか」

「真の田舎者は裾をつまんで道を歩きませんよ」

「違いますよ。山奥はそもそも道がないんです。汚れていたり、危ない場所は飛び越える。道なき道を歩くには、自分で道を作っていくしかないんです。それに自分で自分の衣装を洗うから汚したくないんです。後宮に戻る度にこっそりと洗濯するのが大変なんです」

王静がどこか得意げにそう言うので、苦笑して返した。

「洗濯をまめにするのは金持ちだけです。貧しい者は、自分の身体も洗わないし、服なんてもっと洗わない。あなたはやっぱりいい家の生まれなんですね」

嫌みを言うつもりはなかった。ただ、そう思ったから、そう言ったのだ。

「え……」

けれど王静は絶句して押し黙ってしまった。

「作るなら道ではなく詩にしてください。いま必要なのはそれなんですから。だいたい、いつまで立って話を聞いているつもりですか。お座りください」

王静は納得がいかないというような顔になったものの、「はい」と格子屏風《びょうぶ》の前にある円卓の椅子に座った。

陸生の書斎には大量の紙に大量の筆が置いてある。大量の墨もあるし上質の硯をいくつも所持している。贅沢は好まないが、文具だけはつい買い込んでしまう。

硯を引き出しから取りだして墨を磨りはじめると、王静がすぐに慌てて立ち上がり「私がやります」と言って陸生の手から墨と硯を取った。

王静は黙って座っていることが苦手なようだ。すぐに身体を動かすのである。

「これは端渓硯《たんけいけん》ですか」

王静が言う。

端渓硯は泰州で採れる質の良い石で作られた硯である。表面が滑らかで墨を磨りやすく、使い勝手がいい。

「はい。あなたは物を見る目がある」

妃嬪なのだし、普段から、陸生の端渓硯よりもっと良い硯を使っているのかもしれない。

「後宮に入るときに老師に教わりました。付け焼き刃でお恥ずかしい限りですけれど」

「やっぱりあなたは逸材だ。詩さえ詠めればいつか科挙に受かるかもしれない」

なにげなくそう言うと、王静は困り顔になっていた。科挙に受かるつもりなんてないんだと全身で訴えている。

よ。

——でも貧しい者にとって、科挙という試験は、不正をしてまで受かりたいものなんだ
この気持ちを王静は理解できないのかもしれないと思うと、胸がちくりと痛んだ。同時に、そもそも王静は——翠蘭の名を持つ昭儀であり、女性なのだと思いだす。この国で科挙試験の受験資格は男性にしかない。女性は、教養があって賢くても、官僚になる夢を見ることも許されない。

——貧しい娘の将来の夢は、美しさを磨いて、玉の輿に乗ることくらい。あるいは後宮の妃嬪になるか、遊郭に売られるか。

勉強を教えている女の子たちの行く末を思うと、ときどき胸が塞がる。優秀であっても娘たちが学んだことを生かせる道は少ない。去年、勉強好きだった賢い娘が、身につけた教養をもとに妓女《ぎじょ》として高値で売られていったのは、陸生にとってはやりきれない思い出であった。

去来した暗い記憶を無理に飲み込み、陸生は「そうだ」と手を打ち鳴らす。

「端渓硯の良いものは、まだ何個も持っています。そのうちのひとつをあなたに渡しておくといいかもしれないな」

引き出しをひっくり返して質の良い端渓硯を取りだすと、王静が慌てた様子で「そんなものいただけないですよ」と手を振った。

「なにか誤解しているようですね。あなたに渡しておきますから、これも学政に渡す賄賂で使ってください。金を積んでもなかなか手に入らない文具を欲しがる文官は多いんです。まず物品、さらに金。硯に、それから筆……墨も」

　王静は思いがけないことを聞いたというふうに瞬きをして「はい」とうなずく。

「あと、そうだった。長布も探すつもりだった。あなたの首に巻くのに、もっと粗末な長布が必要だ。……しかし布なんてどこにあるかわからない」

　明林に在処《ありか》を聞いてみるかと考え込むと、

「それは自分で用意します」

　と王静が応じる。

「あなたに用意できるのですか。絹は駄目ですよ。木綿も質の良いものはやめてもらいたい。もっとこう……ボロボロの、穴が空いて、色褪せたようなのがいい」

「善処します」

　途方に暮れた顔で王静が返してくる。

「善処しないとボロボロの布が見つからないのですね」

「すみません」

　王静はしょんぼりとうなだれてしまった。

「謝られるようなことじゃあないです。それに、布の在処もわからない私が言えるようなことでもない」

これもまた嫌みではないのだ。

王静の所作はどれもこれも「育ちがいい」ものである。金があって、さまざまなことを学ばせてもらってきたのはいいことなのに、陸生が悪気なく誉めると彼女は弁解したそうな顔になる。

——この妃嬪は、思っていることがすべて顔に出る。

そういえば義宗帝も彼女についてそう言っていた。陸生が報告がてら彼女の飲み込みの良さと基礎教養の高さを誉めたら、義宗帝は困ったような、嬉しいような、不思議な表情を浮かべ「私の剣にはなにひとつ汚れもなく、曇りもないのだ。愛らしい剣であり、愛らしい動物である」とそう言った。

——動物、か。

「……王静、あなたは叱られた犬の顔になっていますよ。なにがそんなに悲しいんですか」

王静は虚を衝かれたように瞬きしてから、情けない顔に戻ってへにゃりと笑った。

「なにって……なんでしょう。私はなにも知らないんだなあっていうことが、でしょうか」

——貧しさを知らないことに傷つくのは豊かな善人の特権だ。

「たいがいの人間は平気で物知らずでいる。無知を嘆くとは、王静はずいぶんと真面目ですね。ちなみに私のこれは誉め言葉です。あなたの真面目さは好ましいですよ。陛下もそう思っていらっしゃるようでした」

「陛下もですか？」

「陛下はあなたの話をするとき、楽しげなんです。あなたのことをよく誉められる。あなたはためらいなく木に登るんですってね」

「登りますが、なんで陛下とそんな話をしてるんですか」

「あなたが解決した後宮の幽鬼について教えてくださって、そういう話になったんです。あなたが暴いた幽鬼の正体は、夜になると光る塗料で紙に描いた幽鬼と、顔を白塗りにして変装をしていた人間だったんですって？　あなたはそこそこに頭がよくて、命じたらきちんと動くところが好ましいとおっしゃっていました。あと、あなたはとてもおもしろいとも」

「幽鬼の正体についてはその通りですが、誉められている気がしません」

王静は仏頂面になった。

「それから、そう……陛下はあなたのところで食べるご飯がとても美味しいという話もされていました。この話は何度も聞かされたのですよ」

「はい。水月宮の宮女が作るご飯は美味しいんですよ。陛下は毎朝ご飯を食べにきています」

「光栄なことじゃないですか。もっと嬉しそうな顔をしてください」

「はあ……」

陸生は、わかりやすく浮かない顔をしている王静の手元に、選びだした文具を押しつける。

「さて、こんなところかな。この硯は青石で、手に入れるのが難しいお宝です。それからこっちの筆は、最高級の馬の毛で書きやすい。この墨も磨りやすいうえに色も良い高価なものですよ。ところで、この文具を持ち運ぶための鞄が必要ですね。いい背負い籠《かご》を明林に探してもらおう。私が使っているものだとあなたには大きすぎるだろうし」

「はい」

続いて、陸生が選んだ硯や筆の素晴らしさと、どこの産地の材料であるかなどを滔々《とうとう》と述べはじめると、王静が真剣な顔で聞いてくれた。

少し経って、明林がお茶を盆に載せてやって来て、ふたりから離れた円卓に置く。

「旦那様。そちらでお茶をお飲みになって零しては困りますから、ここに置きますね」

「うん。ありがとう。あとで王静にちょうどいい背負い籠を用意してくれないか」

「はい。もうとっくに用意はできていますよ。王静さんにお渡ししますね」

明林がきびきびと返事をし、続けた。

「ところで、おふたりとも、今日は喧嘩はなさらないでくださいね。百歩譲って、喧嘩はなさってもいいけれど、部屋のなかではやめておいてください。このあいだみたいに近所中に伝わるくらいの大立ち回りはいやですよ」

これには陸生は答えなかった。なぜなら今日も大喧嘩をしなくてはならないからだ。嘘をつくのは嫌なので、うなずけない。

「申し訳ございません」

と王静が拱手するのを見て明林が微笑む。

「いいんですよ。だってうちの人は人を怒らせる名人なんですから。けれど、子どもらを怖がらせる喧嘩をするのはよくないです。喧嘩するにしても、適度にお願いしますよ」

明林は実にできた妻で、子どもらのことを常時、気にかけている。

明林が去るとすぐに陸生は、

「茶を飲んで、詩を作ってください」

とうながした。王静は眉間にしわを寄せつつも「はい」とうなずいた。

茶に口をつけてから、円卓で筆を手に取り、紙を広げて呻吟《しんぎん》しはじめる。王静は筆を手にしたものの、なにも思いつかないらしく、虚空を睨みつけている。

「背負い籠も準備されているようだし、来週から南都の学舎で学んでもらいます。手はずは次にくるまでに整えておきましょう。あなたがここを飛び出して暮らすための住まいも、来週には用意します。変装しているとはいえ妃嬪ですから、あまり顔をあちこちに見せるのもよくないが——かといって誰にも顔を見せないままで、学政につながるのは難しい」

この場合の学舎とは、科挙試験に受かるために学びを得る私塾のことである。

「学舎に通うんですか？」

王静が怪訝《けげん》な顔をした。

「そうです。院試を受けるのですから、学んでもらわないとならない」

「学ばなきゃならないんですか？」

納得がいっていないのか、さっきから、おうむ返しである。

「そんなに不安そうな顔をしないでください。毎日通ってくださいとは言いません。三日おき……いや、五日おきくらい。そこは陛下と相談して……ただし勉学の遅れは自分で補ってもらわないとなりません。陛下にもその旨をお伝えしておきましょう。陛下はあれで詩歌は得意だから、詩歌については陛下に教わるのがいいのかもしれない」

そもそもの目的は院試の不正を正すことだったのに、困ったことに王静という良き生徒を前にして、陸生の胸はうずうずと疼《うず》いている。素直だし、機転も利くし、教え甲斐のある生徒なのだ。

「げ」

王静が変な声をあげて絶句した。

「そうそう。あなたは不思議な鳴き声をあげることがあると陛下がおっしゃっていた。それですか」

「う」

と、またもや妙な声をあげてから、ふと王静は真顔になり、

「つまり私が学舎に行くことで、学政に近づけるのでしょうか」

と当惑しながら聞いてきた。

だから、

「私は天才なんです」

と陸生は重々しく告げた。

「その天才の私が拝み倒して学舎にあなたを押し入れる。そうすると、何人もの人間があなたのことを気にかけるはずなんです。それで、学政としては〝どれどれ、そんなに評判の男がいるのだとしたら顔でも見にいこうか〟と、そうなってもおかしくないが……うまくいかないかもしれない」

話しながら尻すぼみになっていく。陸生は天才だし、陸生のお墨付きであれば、周囲が王静に注目するのは間違いない。

ただし学政の長孫英虎がわざわざ王静を見にくるかというと、そこは確証がない。長孫は勉学と後進の育成にあまり熱心ではない学政なのである。

「そんな……うまくいかないかもしれないって……」

王静が呆れた顔になる。そう言いたくなる気持ちも、よくわかる。

「私だとてこれが万全の計画だなんて思ってはいませんよ。でもその分、別の手立てはしっかりと考えています」

陸生は胸を張る。

――私は天才ゆえに孤独で、私を蹴落としたいとか、私の弱味を握りたいとか願う者は多いんだ。

王静には伝えていないが、結局のところ、いまやこの計画で主要な囮となるのは王静ではなく「陸生」なのだ。後宮の妃嬪を危険な目にあわせるわけにはいかない。自分が黒幕の立ち位置でいられなくなった時点で、この計画の囮役は陸生自身に移った。

――学政に対しての初回の賄賂である物品は王静に渡してもらうとして、その後の駄目押しの金銭は私から渡す。学政に頭を下げるのも私だ。

学政は陸生の弱みをつかみたいはずだ。そのために交渉の場には必ず現れるだろう。刑部尚書官を脅すことのできる弱点は、誰だって欲しい。どんな罪でも見逃してもらえるのだから。

そして王静にはそれを知らせないまま泳がせる。

――陛下はこの妃嬪を気に入っていらっしゃる。

陸生はそう結論づけている。後宮の外に出して、さまざまなものを見せて、学ばせて、冒険をさせようとしている。きちんと彼女のことを守る首尾も義宗帝なりに整えて動いている。

「先代の学政は、あちこちの学舎におしのびで出向いて、人となりなどを見てまわったらしい。けれど、いまの学政はそういう地味なことはしないんです。申し訳ないのですが、学政が学舎に向かわない場合は、あなたには学政の馴染みの青楼《せいろう》にいってもらうことになるでしょう。嘆かわしいことに、学政は学舎にはめったに出向かないのに、青楼には一日おきに顔を出しているから。だからあなたの住まいも青楼の近くに探している」

「青楼……」

青楼は、妓女たちが春を売る場所である。が、遊郭よりも高級な場とされていて、そこで働く妓女たちは全員が美しいだけではなく、高い教養を備えている。色事だけではなく芸と教養も売る場所で、青楼の妓女は、客を選ぶ。

自分に見合うだけの金を積ませるのは当たり前。教養のない男は相手にされない。

呆気に取られている王静を見て、陸生が励ます口調で告げる。

「あなたが粗末な身なりの田舎者であろうと、芸を見る目があって金さえ持っていれば門前払いはされない。学政が通っている青楼には、私の知己《ちき》の妓女がおります。その妓女から学政が来る日時について連絡をもらうことになってます」

王静は金魚みたいに口をぱくぱくとさせている。いろいろと言いたいこと、聞きたいことがあるようだが、最終的になにも言わずに口を閉じた。

「もちろん金も持たせるから安心してください。ちなみに店の名は『千紫万紅楼《せんしばんこうろう》』です。私の知己の妓女は鳳仙《ほうせん》という名で、いまの売れっ子のひとりでね。年は十八歳とまだまだ若い身ながら、舞いも巧みで詩作に優れている。彼女との芸術談義はとても楽しいものですよ」

たった一年しか教えることはできなかったが、彼女は陸生の教え子だった。

陸生のもとで必死に学んだ彼女は、両親の借金を返すためにと自ら志願して「胡陸生の教え子であり、教養がある」というふれこみで青楼に己を売りつけた。

美しい娘であった。けれど美しさ以外の武器が欲しいのだと彼女はそう言っていた。

――教養という武器の使い道が、妓女になるために使われるなんて。

陸生にはできない発想だった。

たしかに知識を身につけても女は学者になれないのである。科挙も受けられない。結局、教養はこの国の女性にはなんの役にも立たない。勉強をするより、織物をするとか、刺繍が上手いとか、そういった手仕事を学んだほうがましなのだ。

「鳳仙は、努力することを厭わない、逸材でした。あれが男だったら科挙も狙えたかもしれない。なによりあの娘は、自分を高く買い上げてもらうためにと、自ら進む道を選択し必死で学んでいたんです。青楼にいって、たった一年で売れっ子になったのも、そりゃあそうだろうよと思いました。あの娘は、私の名前を有効に使った」

思いがけずひどく切ない声が出た。

「陸生さんの名前を？」

王静が首を傾げた。

「自分は、若くして科挙に合格しいまや刑部尚書官の胡陸生の愛弟子であると、青楼で見得を切ってみせたんです」

鳳仙は、青楼にいく前日に、陸生のもとにやって来て「先生の名前を使わせてください」と頭を下げた。どういうことかと思ったが、自分の名前で彼女の価値が上がるなら好きに使えと陸生は答えた。

「私は天才ですからね。私の弟子だと聞いて、ちょっとした教養自慢の男たちが、学術談義、芸術談義と、あの娘に議論をふっかける。そのうえで鳳仙は、相手の男をおだてながら負かしてみたり、ときには男に花を持たせて負けてみせたり——とにかく男たちを楽しませたんです」

陸生の説明に王静が狼狽えた顔になる。どう受け取っていいのか困惑しているのだろう。

「私の名前であの娘が潤うのは別にいいんですよ。おもしろいことを考えつくもんだと思ったけれど」

陸生を「そんな形で」使ってみせた彼女の手腕に驚いたが、嫌悪は抱かなかった。使えるものはなんでも使ってくれてかまわなかった。彼女が陸生の愛弟子であったことは真実で――陸生が教えていたときから鳳仙は、良くも悪くも「鮮やか」な娘だったのだから。

「学政が『千紫万紅楼』に通い詰めているのも鳳仙に会うためです。私の出世を妬ましく思って、その弟子がどれほどのものかと試しに通っているうちに、まんまと骨抜きにされたらしい。で――その鳳仙から連絡をもらえる。だから、絶対にあなたは学政と会える。安心してください」

「陸生さんの安心しなさいは……いえ、なんでもないです。学舎で学政にお会いできるように祈ります……」

王静がもごもごと口のなかで言葉を噛みつぶすようにしてそう言った。

「祈るより詩を作ってください」

王静は眉尻を下げて情けない顔で陸生を見返している。

「詩といえば……そうだった。あなたに頼みたいことがありました」

「なんですか」

陸生は引き出しから竹簡を取りだして机に載せる。

「これです。実はこのあいだ宝和宮の書庫からうっかり持ってきてしまったんです。あのとき鍵をあなたに渡したから私は書庫にもう入れない。もとに戻しておいてくれませんか。

一番奥の棚の下段に適当に突っ込んでおいてください」

先代帝の筆致で書かれた、辞世の詩歌だ。うっかりとはいえ、持ち出してしまったので好奇心の赴くままに先代帝の筆致の真贋をたしかめた。困ったことに本物であった。しかし、くっきり押してある落款《らっかん》は縁が欠けている偽物である。

こういうものの真贋は筆跡の鑑定より印章に重きを置く。筆跡が本物であっても落款が偽物ならば「偽物」で通じる。とはいってもあの書庫に留めおかれていたのだから、曰くのあるものなのだ。

あえて欠けた落款を押した本物をあの場に残したのは誰なのか。

なんの意味を込めたのか。

王静が机に近づいてきて、竹簡を見下ろす。

「はい。中味はなんですか」

王静の質問には答えず、陸生は質問を返した。

「……王静は、宝和宮の書庫の書物を見ましたか」

「いえ。そんな余裕はないもので」

そうか、と陸生は目を見開く。

同じようにあの場に入ってみて、書棚から書物を引き抜かない者もこの世にいるのだ。

それは考えもしなかった。

陸生はするすると竹簡をほどき、王静の目の前に差しだす。

「先代帝がこの国を呪った詩です」

「へ？　これをあの書庫の奥に？」

王静はぽかんと口を開けて固まった。

「ええ。戻してきて欲しい。頼みます」

「わかり……ました？　素直にあの書庫に戻していいのかなあ。先代帝が国を呪った詩があることそのものがまずそうだし、いっそ燃やしてしまって、なにもなかったことにしたほうがいいんじゃないですか。筆跡は私にはわかりませんが、いかにもな落款も押しているし」

「この落款は偽物です。私が鑑定したのだから間違いない。それでも筆跡は先代帝のものだから、私が燃やすのは畏れ多い。私以外のみんながそう判断したから、あの書庫に留めおかれたのだろう。燃やすなら義宗帝に頼まなくてはならないですね」

王静は深刻な顔で聞いている。

「もし気になるなら、あなたから義宗帝にこの竹簡を今後どうするつもりなのかを尋ねてみてください。どうして巷に流布されている辞世の詩歌と内容が違うのかは、おおよそ聞かなくてもわかるような気がしますが……」

「聞かなくてもわかるんですか？」

王静がおずおずと尋ねた。

「はい。夏往国の属国となって以降、この国の皇帝は、自由もなく国につながれている。国を呪う辞世の詩歌を書いても、おかしくはない。でも同時に、夏往国に選択されて皇帝の位を預かるに足る理性を持つ者ならば、呪う詩だけを遺して死んではならないと理解していたでしょう。だから、詩が二作ある。ひとつは辞世の詩として広く伝えられ、もうひとつは胸の内を晒《さら》した本音の詩で、隠された。この竹簡の落款が偽物なのも、意図的なものだと思います。見つかったときに言い逃れをするために、わざと、違う落款を押した」

私はそう睨んでいると、陸生はつぶやく。

「ただねぇ、私は、好奇心のままに調べていって――この詩の筆跡が本物だとわかったときにほっとしたんですよ」

「ほっとしたって、どうしてですか」

王静がきょとんとして聞き返してきた。

「だって、本音を最期に誰かに託すことができたってことでしょう？　それは安らぎのような気がする」

しまいのほうの声は小さくなった。

「……というこれは私の想像です。真実からほど遠いかもしれないが、私が思うのは私の勝手ですから。先代帝には最期に呪詛の言葉を託せる相手がいたんだろう。呪詛を残したいくらいにつらい人生だったとしても、託せる相手がいたのなら、それは少なくとも悪くない一生だったんじゃあないか。そしてその言葉を託された誰かは、これを燃やしたり、捨てたりしないで、書庫に隠した。あの書庫に入れるのは、代々の龍の一族だ。次代の龍はいずれこの詩を目に留める。そのうえでなにをどう思うかは次代の龍の勝手でしょう？」

王静は真摯に耳を傾けている。

「私はね、これが先代帝の筆跡だと確定したときに、良かったと思ったんです。呪いといえば言葉は強いが、まあ、この詩を煎じ詰めれば愚痴《ぐち》ですよね？　先代帝には愚痴を言える信頼できる友がいた」

と、話をまとめた。

「先代帝には詩才がなかったから愚痴が呪いになったんだ。これが素晴らしい名作だったら、ただの愚痴も、こんなおどろおどろしいものじゃなく、美しく叙情溢れ、読むだけでみんなの目に涙が浮かぶ詩になっていた。先代帝は善き龍であったのに、芸術の才はなかったんですよ。ところでこの詩、くれぐれも真似をしてはなりませんよ。……そうだ。詩才のないあなたには、もっといい詩を渡しておかなくては。駄作は読むと、うつるんです」

陸生は書棚から何冊か詩集を取りだし、机に積み上げる。

王静はまたたくまに虚無の顔となった。

思わず陸生は笑ってしまった。彼女は喜怒哀楽が顔に出すぎる。見ていて飽きない。義宗帝が言ったとおりに、おもしろい。

「そんなに虚ろな顔をしないでください。いいですか？　義宗帝の手足となって城の外に出た者に対して私が渡せる武器は知識と教養しかない。私は天才です。たいていの人間は、天才に学べる機会なんてないのですよ。心して学んでください」

諭す気持ちでそう言うと、王静は神妙な顔でうなずいた。

「……はい」

「安心してください。なにはともあれ物事が片付いたときに、あなたのなかには素晴らしい知識と教養が蓄積されているに違いない。私が勉強をみるのですからね」

「……安心したくないですね」

ぼそっとつぶやいた表情は、本気で嫌そうなものだった。

「なんですって？」

聞こえたけれど、わざと聞き返した。

「いいえ。なんでもありません」

さて、と陸生は腕まくりをする。

ここから王静が本気で音を上げ、叫んで逃げたくなるくらい詩歌について叩き込まねばならない。

王静が絶望に満ちた顔で陸生を見返していた。

3

翠蘭が王静として後宮を抜け出すようになって半月。

翠蘭は無事に青楼の側に住まいを借り、学舎と仮の住まいと後宮とを行き来していた。

冬のはじまり――後宮の広葉樹の葉はすべて落ち、冷たい風に吹かれて枝がかさかさと寒々しい寂しい音をさせている。

そんなある日の午後のことである。

翠蘭は淑妃と共に伽札を授かり――乾清宮の義宗帝の私室でつとめを果たしていた。

最初の日より慣れてきたとはいえ、素肌に上着を一枚羽織っただけの淑妃の姿に翠蘭はいちいちどぎまぎしてしまう。

しかも淑妃はその格好で、翠蘭に頬をすり寄せたりするのであった。淑妃は人懐こいネコ科の肉食獣のようだった。鋭い牙や爪を持っているはずなのに、その脅威が見た目からはわからない。上品な物腰で、美しい毛並みを持ち、ひたすらに愛らしく――なにかにつけ翠蘭の身体に触れてきて、全身で甘えてくるのである。

淑妃は毎回、翠蘭の着替えを手伝って、ついでに翠蘭の化粧を直してくれる。

今日も着替えを手伝い終わると、翠蘭を椅子に座らせて自分は立ったままで、翠蘭の顔を「男」に見せるために作りかえていく。

「昭儀の紅は、私にちょうだい。あなたの口を吸わせてね」

淑妃は細い声で歌うように言いながら、顔を近づけ、柔らかい布で翠蘭の紅を拭い取る。

隣室の宦官に聞かせているのだろうけれど、意味深な台詞をささやかれる度に、翠蘭の頬が熱く火照《ほて》る。

——慣れない‼　このやりとりには本当に慣れない。

淑妃のまわりの空気は、翠蘭の呼吸する空気とは色も濃さも違っている。なにもかもが甘いのだ。

淑妃が身動きすると、白粉《おしろい》と焚きしめた香の匂いが揺れ動く。

淑妃はあまりにも「不健全に」色気が過ぎるのであった。

義宗帝はというと——扉の前に立ち、ずっと翠蘭と淑妃に背を向けている。翠蘭からは義宗帝の顔がまったくわからない。すっとのびた美しい背中が見えるのみ。

「……男装であっても、脱ぐと、男ならあるべきものが全部ないのですもの。おかしな感じに欲情をそそるわね」

語りながら、小鳥のように笑い、水で溶いた茶色の染め粉を翠蘭の顔から首、胸元まで塗りつける。淑妃は賢く、さまざまな知識を持っていた。

化粧だけではなく、変装に使うための染料にも詳しい。肌が荒れない染め粉をいくつも持参し、楽しげに翠蘭の肌で試すのであった。なかには昼の日を溜めて夜になると自然と発光して見えるという、蓄光性の染め粉という変わり種もあり、聞けば、淑妃が研究を重ねて作りあげたものだという。

淑妃いわく「あなたが祓った、紙に描かれた幽鬼がいたでしょう？　あの話を聞いて、おもしろそうだからそういう染料を作ってみたの。私はなにかを作ることが好きなの。一から作ったり、あるいはすでにあるものを作りかえていったり、そういうことが大好きなのよ」だそうだ。

「陛下があなたを愛する気持ち、私もわからないではないわ」

淑妃が小鳥のような笑い声と共にそうささやく。

「陛下は誰のことも等しく愛してくださる方ですから」

翠蘭が控えめに言い返すと、淑妃は少し身体を引いて翠蘭の姿を眺め、自分の化粧のできばえに納得したのか小さくうなずいた。

「そうね。だって陛下ですもの」

そんな言われようをしていても義宗帝は振り返らない。翠蘭の着替えが終わるまで、ずっと背中を向けている。彼は三人ですごす乾清宮では翠蘭の裸体を見ないようにつとめ、かつ、できる限り触れないように気を遣っている。

一方、淑妃は翠蘭を好きに触っている。いまも翠蘭ののどを指でくすぐり、翠蘭が手にしていた長布を取り上げ、くるりと首に巻きつけた。

変装時の首巻きは、翠蘭が鍛錬のときに首から下げて汗を拭いていた長布を、そのまま流用することになった。それでもまだ上質すぎると陸生が眉を顰めたが、これよりボロボロの布を翠蘭は持っていなかった。

「あなた、色町に出たら、もてそうね。しかも女性としてではなく、少年として」

淑妃が唐突にそう言った。思いついたはしから、適当なことを言って、翠蘭を動揺させるのが彼女の常であった。

「……っ」

狼狽える翠蘭に、淑妃が続ける。

「男と間違ってあなたを買う殿方がいると思うの。男の子が好きな男性に値段を聞かれてどこかに引きずり込まれたことはない？」

「ないですよ。ないですから」

自信をもって「ない」と言えるのは実際にいま色町の端っこを仮の住まいにしているからだ。その仮住まいも手配してくれたのは陸生で「もう来なくなった生徒の持ち家で、ちょうどあいていたからそこに住んでください。向こう三軒両隣はみんな遊女が住んでいて、腕っぷしのいい男が裏についているせいで治安はいいです。くれぐれも女だと気取られることはないようお気をつけて。うっかり売られかねないですからね」と怖ろしいことを言われてしまった。

「私の思いつきを否定するなんて、生意気だこと。黙って」

淑妃は翠蘭の唇にひとさし指をのせ、ふわりと笑う。

そもそも翠蘭は、乾清宮での三人の秘め事ではいつも最終的に言葉を封じられ無言になる。

はじめは会話があるのだけれど「しまいに口を布で覆われて、声を出せなくなる」という状態で伽をつとめている設定のせいだ。

なんでこんなおかしな設定にしたのかというと——翠蘭を外に出すため。

翠蘭の声が途中で聞こえなくなることの理由が必要でそうなった。

しかしそのおかげで、最近、後宮の妃嬪と宮女たちの翠蘭を見る目が変わってきた。

乾清宮での三人の秘め事はきちんと記録に取られ、そのうえで、おそらく宦官たちがおもしろおかしく吹聴してまわっているようなのであった。

噂を聞いた結果、明明や雪英のように悲しんだり憤ったりする者もいる。翠蘭を哀れんで「おかわいそうに」と涙ぐむ宮女も出てきた。

一方で「昭儀は閨《ねや》を楽しむ手練《てだ》れでいらっしゃるのですね。私もそういうのは嫌いではないのです」と妙な熱を帯びて翠蘭を見つめる者もいる。なんの手練れなのか怖くて聞けない。

動揺する翠蘭を尻目に、淑妃が、

「そう思われませんか、陛下？」

と、ずっと律儀に背中を向けている義宗帝に問いかけた。

「そうだな」

義宗帝の憂いを帯びた声が返ってきた。

——そんなはずないわよ⁉

翠蘭が目を白黒させていると、淑妃が、

「そういえば、陛下が昭儀のところで毎日朝食を召しあがっているという噂でうちの宮はもちきりなの。私もご一緒したいわ。昭儀、私は招待してくださらないの？　たまには乾清宮以外のところで昭儀とお会いしたい。お願い」

愛らしい様子で首を傾げた。

——三人での伽が続いているのに、淑妃さまと陛下と私の取り合わせでうちで朝ご飯を食べるとなると、どう考えても明明が怒るし、雪英は悲しい顔をしそうだよね。

「水月宮は私と、ひとりの宮女と宦官のみという、つましい宮でございます。お恥ずかしいことに陛下におこしいただくので手いっぱい。淑妃さまもいらしてくださるとなると、ふさわしく支度を調えなければなりません。お時間をいただけますか」

翠蘭が小声で返事をすると、淑妃が少しだけ悲しい顔になった。拗ねたように唇を小さく尖らせてうつむく淑妃の、その顔を翠蘭はつい覗き込む。

そこでやっと翠蘭は、淑妃の化粧がいつもより少し濃いことに気がついた。彼女は白粉を塗らずとも透き通る肌で、頰は薄い薔薇《ばら》色。化粧いらずで、たまに唇に紅を少し塗る程度なのだけれど、今日は白粉を肌に重ね、かつ、頰と口元、目元にも紅をひと刷毛《はけ》ずつ添えているようだ。

「淑妃さま、もしかしてご体調が思わしくないのでしょうか」

小声で尋ねると、淑妃が「え」と聞き返してきた。

――もう化粧も終わったし、着替えも終わったし、淑妃はおやすみになってもいいのよね。

翠蘭は椅子から立ち上がり、

「失礼。あなたを運ぶ栄誉を私に与えてください」

と、ひと言添えて、淑妃の背中と腰に手を添えて抱きかかえる。淑妃は華奢で、軽い。鍛え続けている翠蘭にとって淑妃を抱き上げるのは簡単なことであった。

そのまま寝台まで連れていって、そっと降ろす。

途端に、翠蘭は淑妃に頬を平手で叩かれた。大きな音が翠蘭のすぐ側で弾け、叩かれた頬がじわりと熱を帯びた。

「あの……」

どうして叩かれたのかわからず、翠蘭は片手で頬を押さえ、寝台の端に座った淑妃を見下ろす。

「許可も得ずに私を抱えあげるのだもの、叩かれて当然よ」

傲岸に言い放つ淑妃の目は、思いのほか、本気の怒りに染まっていた。

「はっ。申し訳ございません」

翠蘭は拱手して跪き、うつむいた。

視線の先に、淑妃の纏足をおさめた小さな布沓が見える。そのつま先がどす黒く染まっていることにやっと気づく。

生臭い臭いが立ちのぼる。

――これは、血だ。

泥ではない。血の匂いだ。

豪奢な刺繍がほどこされている布沓が血で濡れて、汚れている。

いぶかしく思い、顔を上げて義宗帝に視線を向ける。義宗帝はいまだ翠蘭たちを振り返ることなく、背を向けたままだった。どんな修羅場がくり広げられようとも、我関せずでびくともしないのは、いかにも義宗帝らしいふるまいである。

淑妃が小さくため息を漏らした。

「昭儀、もっと近くに」

そうささやいて、淑妃は布沓に手をかける。低い呻き声と共に、踵から布沓を脱いでいく。ぐっしょりと血に染まった包帯に包まれた足が、露わになる。

はっと息を呑んだ翠蘭を目で制し、淑妃は、薄く微笑んだ。

包帯も解いていく。つるりとした丸い踵。そして足の甲。さらにつま先。小さく畳み込まれて異形と化した纏足の、つま先から血が滲み出ている。

纏足がどういうものか知識として知っていた。けれど実際にこうやって近くで見るのは、はじめてだった。足はこんなに小さくなるのかと驚いた。淑妃の足は翠蘭の手のひらよりさらに小さく、歪《いびつ》であった。

「もっと――もっと近くにいらっしゃい。見て欲しいわけじゃない。私の声が届くくらい近くに、あなたの耳を」

淑妃にうながされ、翠蘭は淑妃の足から視線を剝がし、淑妃の唇におずおずと耳を近づける。

「私は小さなときに親に指の骨を折られ、そのうえで包帯で畳み込むように強く巻いて固められて、この足を作ってきたの」

「私がお願いをするときは、あなたは私を運んでくれてかまわない。あなたを私の馬にしてあげる。あるいは、あなたを踏み台にして私は高みからあなたを見下ろす。あなたを力者にして輿に乗るのでもいいわ。私はあなたより下の位置にいきたくないの。お願い。私を見下さないでね」

お願いと、そう言う彼女の青ざめた美しい顔を見返し、

「はい」

と、翠蘭は頭を下げた。

「私が望んだことではないけれど、私との伽が、後宮でのあなたの尊厳を傷つけていることは私にもわかっているわ。あなたの評判を貶めているのは私の本意ではないの。だから、私、あなたにこの足を見せたのよ。これでおあいこだなんて思わない。でもこれで許して」

「許すもなにも……」

傷口が目の前にあると、人はその痛みを想像してしまう。胃がぎゅっと小さく縮こまり、肌が粟立った。

「すべてが片付いたら私をあなたの宮に呼んで。そこで私は、あなたの立場を慮《おもんぱか》って、きちんとあなたに礼を尽くす。ずっとあなたを貶めたままで終わらせたりしないわ。ごめんなさいね」

「淑妃さまが私を慮る必要などございません。謝罪するなら私のほうです」

翠蘭は慌ててそう言った。すべてを思いついたのはきっと義宗帝で、淑妃も、義宗帝の思いつきに巻き込まれてこんな形をとっているだけだと思うからだ。

——陛下が私を外に出したのは、私の剣としての腕前を試すためでしかないのだろうし。

陸生にしろ、淑妃にしろ、巻き込まれて、いい迷惑なのではないかと思っている。

けれど淑妃は、

「あるのよ。私のなかでは」

と、つんと顎をあげた。

——強い人だ。

翠蘭は跪いたまま淑妃を見上げ、応じる。

「もし本当に淑妃さまが水月宮に遊びにいらしてくださるのでしたら、あなたをお迎えに伺います。あなたの供も私に願ってください。拙い剣なれど、私は陛下の剣。あなたの御側にて、あなたを守護いたします。あるいは、あなたのために輿を用意し、私が力者をつとめましょう」

「ええ。そうしてもらいたいときは、あなたに願うわ」

微笑んで淑妃が言う。

「はっ」

翠蘭はうやうやしく応じる。そうすると淑妃が「その可愛らしい鳴き声を、止めてしまわないと、あなたはいつもうるさいから。陛下、昭儀の口に布を噛ませてまた声を封じてもいいかしら。いつも同じことばかりでそろそろ飽き飽きしているのだけれど」と義宗帝に提案した。

義宗帝がそれに同意する――という流れは、三人の伽の日の常態である。

実際には、そんなことはしていないのだけれど。

ただ、淑妃の手を借りて翠蘭は手早く「王静」に変装し、乾清宮から隠し通路を使って外に出ていくだけだ。

「陛下」

淑妃がそう呼んで、義宗帝がやっと振り返った。

近づいてきた義宗帝が有無を言わさず翠蘭を床下の隠し通路に押し込んだ。

そうして――宝和宮の書庫から外廷に行き、許可証を見せて午門をくぐって「王静」になった翠蘭は、南都に出向いたのであった。

広い南都を川が悠々《ゆうゆう》と流れ、弓形の橋がいくつもかけられている。

宮城に近い橋は、橋の上にも屋台が店を出し人で賑わっていた。

後宮に輿入れしたときはこの川を船でのぼってきたのだと思いだし、鉛色の空を映して灰色にたゆたう川面を見やる。

冷たい風が吹きつけて、足もとの枯葉を巻き上げる。もう一枚、上着を着たほうがよかったかと襟元をぎゅっと合わせ、首に巻いた長布をなんとなく触った。

――私には自由に歩ける足がある。

これがどれほど素晴らしいことかを、いままで本当にはわかっていなかったと思う。淑妃の足から立ち上った血の臭いは、乾清宮を抜け出ても、ずっと翠蘭の鼻の奥に貼りついている。

脳裏に浮かぶ淑妃の顔や血に染まった足の記憶を消そうと、首を横に振り、足早に道を進んでいく。

うつむいて歩いていると、自分の足音に背後から歩いてくる誰かの足音が重なっていることに気づいた。足音は、通常ならばばらばらで、同じ速さで重なることはない。後ろから歩いてくる者が、前をいく者にあわせようとしない限り。

足を止める。背後の足が一瞬だけ止まる。背後からの視線を感じて、振り返る。

――女性だ。

ぼさぼさの長髪で粗末な身なりをした長身の女が小刻みにちょこちょこと走りだし、王静の脇をすり抜けた。

見知った女性ではなかった。そもそも南都に、王静のことを知る者はいないのである。

それでもどこかで見たことがあるような不思議な印象を覚えた。誰かに似ている。いままでに見たことのある誰かに。

すれ違いざまにぷんと汗染みた服の臭いがした。いつ洗濯したものかもわからない衣装に、いつ洗髪したかわからない長い髪。沓も履かず裸足で、剝きだしの大きな足の爪も指も泥にまみれている。これが貧しいということかと思った途端、王静は彼女から目をそむけていた。見たくないわけではない。けれど、じっと見てしまっては申し訳ないような、そんな気がしたのだ。

女の姿が角を曲がって消えてから、もう一度、後ろを振り返る。

背後には、誰もいない。

疚《やま》しいところがあるから、人の視線や後ろから歩いてくる足音に敏感になっているだけかもしれない。後宮で男装をしているのとはわけが違う。外に出てはならないのに変装し、男のふりをして、南都を歩いてまわっているのだ。

――でも、用心するにこしたことはない。

王静は背後を意識して、人通りの少ない道を歩くことにした。渡らなくてもいい橋を渡って遠回りをし、時間をかけて、後ろを気にしつつ道を進んだ。

背後の気配はもう感じなかった。

辿りついた学舎は、南都の名のある博士の屋敷の一角を使用していた。

もとは家庭内の子弟のために開かれた私塾である。

雲と雲雀《ひばり》を模した装飾の華やかな門を抜け、入ってすぐに劉《りゆう》博士の私塾院《しじゆくいん》がある。

学舎として門戸を開いているため、正門に門番は置かれていない。ここから先に進んだ中門から先が家族のための屋敷につながり、門番は中門に控えているのであった。

王静はふらりと門をくぐり、背中を丸めてこそこそと私塾院に入る。

入ってすぐに、劉博士がちらりと王静を一瞥する。

部屋には長机が並び、床几《しようぎ》が用意されている。生徒たちの机と対面する形に用意された教卓で、劉博士は史書を取りあげ、語っていた。

生徒たちは各々机に向かい、熱心に筆を走らせている。

王静は、一番後ろの席に邪魔にならないように座り、背負ってきた籠から筆記用具を取りだして机に置く。

劉博士は白い髭と白い髪は長いが、気の短い老人であった。ときどき、叱責と同時に手にしている扇を投げ飛ばす。そのしごきに耐えかねて、途中で離脱する生徒も多いらしい。

「ふむ。王静、今日は来たのか。しばらく顔を出さぬから、もう学ぶのを止めにしたのかと思っておったぞ」

劉博士は髭を指でしごいて、王静を睨みつける。

　朗朗たる語りが中断され、生徒たちは脱力し、一斉に王静を見た。全員が王静を咎めるような目をしている。授業が中断されたことを喜ぶような生徒は、この学舎にはいないのであった。

　しかし王静は、勉強に身を入れないろくでなしとして評判を得るために、学舎にやって来て「不出来である」証明を定期的にやってのけなければならないのだ。

　王静はへらへらと笑って「すみません」と謝罪する。

「そうですね。止めにしようかと思っていたんですが……」

「いまのままでは胡陸生の面目をつぶしてしまうよ。あの男が頭を下げたから私はおまえを受け入れることにしたんだ。もううちの学舎はいっぱいで、これ以上は教えられないとあちこちに断っていたのに」

　劉博士が眉を顰め、王静はさらに身を縮める。

「はっ。存じております。存じておりますとも。やれるだけがんばりますけど……私は胡大哥《ダーグァ》のような天才ではないので」

　と言ったそのとき——。

　私塾院の前庭からけたたましい音が響いた。

「なにごとだっ」

　劉博士が眉をつり上げたのと、王静が立ち上がって外に出たのは同時であった。

庭に飛び出たのは王静だけだ。門番や使用人たちが過ごしているのは中門の先で、私塾院の前庭まで来るのに少し時間がかかる。

前庭には山を模した巨石が置かれ、木槿《むくげ》の見事な大樹が植えられていた。秋の深まりとともに葉を落とした黒い枝は空に向かってのび、枝のあいまに透けて覗く空の様子と相まって、美しい影絵のようだ。

その、木槿の木の枝が何本か無残に途中でぽきりと折れ、ぶら下がっている。

木槿の根もとに、拳の大きさに丸められた紙が落ちているのに気づき、王静は駆け寄って屈み込む。拾い上げると、内側に石を包んでいて、ずしりと重い。

どうやら、塀の外から私塾院に向かって誰かが投げ入れたようである。

くしゃくしゃになった紙を広げると、内側に文字が書いてあった。

『もう探るな。後宮に帰れ。さもなくば殺す』

殴り書きされたそれを見て、王静ははっとして周囲を見渡す。

――私に向かって書かれたもの？

そうとしか思えない。

「どうしたんだ」

そこでやっと生徒の何人かが庭に出てきた。王静は咄嗟に紙を懐に入れる。屈み込んでいるせいで、彼らから見えるのは王静の背中だけのはずである。

「石が投げ込まれたようです。なにかの嫌がらせでしょうか。それとも子どもが遊び半分で空に向かって石を投げたのが、うっかり塀を越えてしまったのか——ちょっとまわりを見てきます」

くるりと振り返り、手にしていた石を生徒のひとりに手渡すと、王静はすぐに門をくぐって外に出た。

——誰もいない。

付近は無人であった。石を投じた誰かどころか、通行人もいない。

「それはそうか。誰にも目撃されないだろう状況を確認してから、これを投じたんだろうし……」

王静が懐に入れた紙を服越しにそっと撫でつけ、つぶやいていると——おっとり刀で駆けつけた劉家の使用人たちが慌てて周囲をきょろきょろと見回していた。

石を投げられたことにより、いつもより早い時間に授業が終わった。使用人たちがあたりを警戒し、念のため、刑部に訴えにいくことになった。

生徒たちは、誰も彼もが「迷惑な悪戯だ」と文句を言い、しきりに憤りながら学舎を後にした。

そして——。

「――ということがあったのです」

王静はそのまま陸生の家に向かい、投じられた警告文を陸生に手渡し報告した。

「これは――あなたに対しての投げ文ですか」

陸生はくしゃくしゃの紙片を丁寧にのばし、しきりに首をひねっている。

「そうだと思っています。もしかして他に後宮関係者が劉博士のところにいらっしゃるのなら別でしょうが、標的は私だけだと思います」

「私の知る限りではあの家に後宮に勤めていた者はいないですね」

「でしたらやっぱり私に向けての文ですよね」

陸生が考え込んで、聞いてきた。

「あなたはずっと後をつけられているかもしれないと言っていましたね。もしかして宝和宮からつけられてきて、正体を知られてしまったのでしょうか?」

「いえ。それはないと思います。外廷では視線を感じないし、宝和宮は毎回、無人でした。私もちゃんと気をつけていましたし、それにそもそも宝和宮から出てくるのを見つけたとしても、私が後宮の妃嬪であることを知る人は、そんなにいないはずなんです」

王静が「翠蘭」だと顔を見て気づける人物は、後宮で「翠蘭」を見たことがある人物だけだ。後宮に入るには縛りがある。陸生ですら、後宮に入ったことはないし、妃嬪たちの顔を見たことがない。

「私が男でないことがばれることはあるでしょう。でも、私が妃嬪の翠蘭だと気づく人が南都にいる可能性は低いんです。私が素顔をさらしたのは、最初の輿入れのときに私を運んでくれた船の、船乗りくらいですし――しかも私は絶世の美人っていうわけでもないんで、そんなに印象に残らないはずなんですよね」

「いや、あなたは絶世の美人ではないが印象には残りますよ。ぴかぴかと明るくまっすぐなものが跳ねまわっているようで。――だが、それは今回はどうでもいいことですね。それにこの文字……見覚えがあるような？」

陸生は目を細めしげしげと投げ文を見て、ひとさし指で口元を叩きながらつぶやいた。

「妃嬪のあなたの顔を知っていて、変装して出歩いていると気づく誰かが南都にいるとしましょう。そしてあなたを疎ましく思い、後宮に帰れと投げ文をする……。そんなことをしようとするのは、誰でしょうか？」

返事を必要とはしていないようだったが、

「いないです」

と王静は即答した。

しかし陸生が再び「いや」と否定した。

「そうでもないでしょう。少なくともひとりだけ心あたりがあります」

ひとりだけ？

「誰ですか？」

いぶかしく問い返すと、

「後宮から逃亡し、いまだ見つかっていない『卑しき盗人宦官　朱張敏』です」

陸生が都新聞に載っていた見出しをさらりと口にした。

「あなたも張敏も後宮にいた」

陸生の指摘に王静は目を瞬かせた。それは思いつかなかったが——たしかに後宮を抜け出た宦官ならば自分の変装に気づくかもしれない。

「翠蘭」は相手の顔を見ていないとしても、相手は「翠蘭」の姿を見かけたことがあるだろうから。

「翠蘭」はそもそもが後宮では男装で過ごしているし、変装をしているけれど、背格好や所作は後宮でのふるまいと大差はない。それに「翠蘭」は「王静」として男らしく見えるように気遣っているが「自分らしく見えないように」という変装はしていないのだ。

「一方で、張敏は張敏で、見つからないように変装をしているはずです。都新聞に姿絵が載っていましたからね。似姿の彼は弁髪でしたが、それでは目立つからきっと弁髪は切り落とし、なんなら鬘《かつら》をつけているかもしれません。特徴のない顔立ちならば、髪型が変わると、ぱっと見わからなくなるものですし」

そうやって変装をして隠れていた張敏が南都であなたの姿を見かけたとしましょう、と陸生が続ける。

「そうなると、あなたが本当に王静なのか、あるいは後宮の妃嬪なのかをたしかめるために後をつけようとするかもしれません。だって、あなたは妃嬪にして陛下の剣なのでしょう？　後宮から逃亡した彼からしたら、あなたは、自分を捕まえるためにわざわざ南都に出てきたように見えるに違いありません」

だとしたら――自分をつけていた粗末な身なりの長身女性は？

途中まで歩幅を同じにしてぴたりと張りつくように歩いていたのに、振り返ったら、慌てて小走りになって追い抜き、道を曲がって去っていった彼女の顔は、ひょっとして張敏に似ていなかっただろうか。

「あ……」

――私だって男装している。だったら宦官が外で女装で過ごしてもおかしくはない。

宦官は若いうちは線が細い者が多い。男であることをやめたせいで、筋力も衰え、華奢になっていく。

鬘をつけ、化粧をしたら、遠目で見るだけならば女装をしてもぱっと見の違和感はない。少なくとも王静が見かけた長身の女性は、ちゃんと「女性」に見えていた。

「王静、どうしました」

「もしかしたら張敏は女装をしているかも。今日、気配を感じて振り返ったら、後ろにいたのは女性だったんです。長髪をそのままにして結いもせずに顔を隠した女性が、慌てたように私を追い抜いていきました。顔をちゃんと見ていなかったのですが、都新聞に載っていた顔に似ていたような……」

陸生は「ふむ」と唇をひとさし指でとんとんと叩き考え込む。

「陛下いわく皓皓党がからんでいるとしたら、張敏は南都に支援者か仲間がいる」

陸生の眉間にみるみる深いしわが寄っていった。口元に触れていた指を外し、はっとしたように顔を上げきっぱりと告げる。

「私は陛下にこのことを報告しなければなりません。天蓋《てんがい》つきの馬車を用意しますから、あなたも私と一緒に乗ってください」

「馬車ですか？」

「襲われる可能性があるのなら、さすがに徒歩でのんびり帰れとは言えません。ここは陛下のご判断をあおがなくては、私ひとりでは決めかねます。場合によってはあなたを囮にする計画は取りやめになるかもしれません」

真剣な顔で言われ、王静は眉を顰めた。最初に思ったのは、不本意であるということだ。院試の不正を正せと命じられ後宮の外に出た。なんの手柄もたてられないまま、すごすごと後宮に戻るのは嫌だった。

——だって陛下は私を試そうとされているに違いない。それに私は淑妃さまの手を借りて外に出てきているのだ。

淑妃を思うと、ぴりっと胸が痛んだ。苦痛に耐えながら自分の足を作りかえている淑妃が、熱心に変装に手を貸して、後宮の外に送りだしてくれている。別に淑妃は自分になにかの期待をしているわけでも、なにかを託しているわけでもないのだとしても――なにひとつ成さぬまま、また後宮に戻るのは申し訳ないと思ってしまった。

――淑妃さまのおかげで、事件を解決できましたって言いたい。

唇を引き結び無言になった王静を見返し、

「この投げ文は私がもらいます。陛下に見せて判断をあおぐ必要がありますから」

陸生は手渡された紙片を懐にしまい込んだ。

＊

一刻後――陸生は外廷の太和殿の執務室で義宗帝に件《くだん》の紙片を手渡し、報告を行っていた。

「見ていただきたいものがございます」

陸生はそう告げて、くしゃくしゃの紙を取りだした。

上質の紙を投げ文に使えるのだから、これを書いた者は金銭的に困ってはいないのだろう。墨も黒々とした良いものを使っていて、筆先も荒れていない。

しかしそれよりも申し述べたい重要なことは——。

「状況から考えるにこの投げ文は朱張敏の手によるものかと疑っております。そのうえで、私はこの文字を知っています。院試の不正な答案のうちのひとつがこの筆致でした」

自分は一度見たものを忘れることがないのであった。

不正を疑っている院試の答案用紙はより分けて手元に置いてある。そのうちのひとつを、今回持参し、広げた投げ文の紙の横に置いた。

——同じ筆跡だ。

あらためて見直して、確信する。

「これが今回の投げ文。そしてこちらが不正行為で合格したと思われる者の院試の答案用紙です。出題される問題はわかっているから、あらかじめ正解の答案を用意し、試験会場で差し替えて提出する。筆致の美しさも試験の判断基準となります。ですから、半端な者に答案用紙を書かせるはずがない」

ほら、陛下ご覧になってくださいと、陸生は並べた答案用紙を指でさす。

「後、宮、帰の文字をよく見ていただければわかります。文字のはらいかたがのびのびとした実に良い字だ。とても巧みな筆致です。惚れ惚れする文字なのです」

しみじみと両方の文字を見返して告げると、義宗帝が「そなたはこんなときでも良い文字であれば、誉めるのか」と小さく笑った。

「はい。良い文字ですから。実は今回の囮捜査の前に、こんなに腕が巧みなら、この字を書ける代筆家から探していけば不正を暴けるかと南都中を探してまわっていたのです。しかし、見つかりませんでした」

――まさかその相手が後宮にいたとは……。

陸生はたいていのことを覚えている。が、そんな陸生も「一度も見たことのない」筆致は覚えられない。おかしいと思っていたのだ。相応に見事な文字を書くのに、自分がこの文字をよそで目にしたことがないだなんて。

答案を用意したのが後宮の宦官ならば、陸生が見たことのない文字であるのも納得がいった。陸生は後宮内の文書に目を通す機会が少ない。

「もしできるものならば、後宮にあると思われる朱張敏の書いた文書の筆跡と私の目であらためて照らし合わせたく思います。後宮の文書を入手していただいてもよろしいでしょうか」

「そうだな。手配させよう」

「ありがとうございます」

これで院試の不正に関して、ひとつ証拠が揃った。不正な答案を書いたのが、皓皓党がらみで罪に問われ後宮を逃亡した宦官だった。

筆跡を見合わせて「これこの通り」と提出をすれば、少なくとも朱張敏を捕まえることができる。そのついでに学政の長孫をまで引きずりだせるかはわからないけれど「不正で合格した者たち」の全員の資格を剝奪はできるはずだ。

陸生はそこで念のため声をひそめた。ここは宮城。しかも義宗帝の執務室。だからこそ、どこで誰が聞き耳をたてているかもわからない。義宗帝の動向は、夏往国の間諜が常に気にかけている。

「これをもってして院試の不正を正しましょう。証拠がひとつあれば充分です。王静はこのまま陛下のもとにお返しします。彼女はなかなか優秀な人材だと私は思っております。どうぞ私が教えられなかったぶんも、陛下手ずから彼女に詩作や史学の手ほどきを……」

陸生の言葉を、けれど義宗帝が遮った。

「この文だけでは不充分であろう。学政の不正は正せない。それに、結局まだ朱張敏は捕えられていない。あれを捕まえねば、意味がない。張敏には聞きたいことがたくさんある」

「……はい。南都で変装して姿を隠しているようですから、徹底的に捜しだします」

まかせてくださいと告げた陸生を、義宗帝はひやりと冷たい笑顔を浮かべて見返した。

「おまえもわかっているだろう？　王静はこのまま囮にして好きにさせるのが得策だ。そうしたら張敏とその仲間があれに群がる。ついでに学政の長孫も捕えることができるだろう。あれもその旨を理解している。乾清宮に戻ってきて報告をしてすぐ、私の剣としての役目をまっとうすべく、まだしばらく王静として学舎に出向き、青楼にも行く栄誉を与えてくださいと申し出た。もちろん私はそれを許した」

「え……？」

陸生は目を瞬かせて義宗帝を見返した。

「院試の不正を暴くための囮と、張敏を引き寄せるための囮。あれは、たったひとりで、ふたつの事件の囮になれるならやりがいがあると誇らしげであった。それに、もしうっかり死んだら『後宮から誘拐された妃嬪の死』という事件をでっちあげて、冤罪であってもひとまず関係者を捕まえることができる。どっちに転んでもかまわない」

「まさか……そんな」

陸生は息を呑む。

王静の——翠蘭の身に危険が迫っていても南都を走りまわらせろと、義宗帝はそう言っているのだ。

「陛下は……それでいいのですか」

ひっそりと問うと、義宗帝が不思議そうな顔で陸生を見た。

返事がないから陸生は重ねて問うた。

「うっかり死んでもいいと、そうおっしゃるのですか。彼女は善人で、賢く、陛下に尽くそうとしてくれている。あの妃嬪は、陛下の話をするときたまにひどく優しい顔をしますよ」

義宗帝が冬空に射し込む光に似た美しい笑みを浮かべた。

「そうだ。あれはなにもかもが顔に出る。心根がまっすぐで素直なのだ」

「陛下も――彼女の話をされるとき、とても嬉しそうな顔をなさいます」

「私が？」

「はい」

義宗帝は気づいていないのだ。

翠蘭という昭儀は自分に忠誠を誓う良き剣であるのだという説明を、どんなに誇らしげに語っているのかを。

それだけではない。彼女が南都でどんなふるまいをしたかという陸生の報告を、毎回、義宗帝は目を輝かせて聞いていた。

陸生は、いままで義宗帝が他人の話でそこまで楽しげにしているのを見たことも聞いたこともなかった。

「あの妃嬪になにかがあったら陛下はきっと悲しむと思います」

「私が？」

「はい」

義宗帝は怪訝そうに眉根を寄せた。悲しいという感情を知らないとでもいうように首を傾げてから、「そうかもしれない」と、うなずいた。

「けれど、あれは私の剣である。私のために戦い、私のために貫く剣だ。折れるなら、そのときは、それがあの剣の運命だ」

突き放すような言い方はいつものことだ。彼の言葉は往々にしてひどく冷たい。

――運命。

そういうものにこの人も囚われているのだ。

義宗帝だけではない。誰も彼もそうなのだ。生まれた家。親の素姓。財のあるなし。生まれ落ちたときに歩くべき道は決まっている。思うままに生きられないことを人はみな「運命」という言葉で片付けて納得しようとする。

ちくりと胸の奥が痛んだ。

だから――。

「陛下……私は宝和宮の書庫で先代帝の手による竹簡を見つけました。あの書庫に私を入れたのなら、私がどうするかを陛下はご存じかと思います。私は書棚の書物と竹簡を手にして読もうとしました」

陸生は気づけばそんなことを口走っていた。

突然、脈絡のないことを話しだした陸生に、義宗帝は目を瞬かせた。

「私は一度見たものを忘れない。先代帝の筆跡で、この国を呪う詩を書いた竹簡に偽物の落款が押してありました。筆致は先代のもの。落款は偽物。そしてこの国を呪う辞世の詩。それを目にして私は――なんとなく嬉しかったんです」

どうしてこんなことを語りだしてしまったのか。陸生は胸の内側で自問する。

「嬉しかった？　なぜだ」

義宗帝が聞き返す。

「死に際に呪いの詩を託せる相手がいるなら、それはきっと先代帝にとって心を許せる相手がいたという意味だと思ったのです」

語って、腑に落ちる。同じことを自分は王静――翠蘭――に語った。あれを見たとき、自分は、先代帝には心を許せる相手がいた、とそう思ったのだ。

そして――今上帝にもそういう相手がいてくれればいいと願っているのだ。

義宗帝の側に自分であれ――王静に変装した妃嬪であれ――誰かがいてくれるなら、と。

義宗帝の未来のために。

義宗帝という龍の末裔がこの国を導いていく未来のために。

「……おもしろいことを言う。陸生、なぜそう思ったのか話すことを許す」

「書庫の詩だけではありません。あの詩を見つけた後、私は、官吏となって目を通してきた文書と、先代帝の施策の積み重ねを検討し、その推論に至りました。そうですね――たとえば南都にある学舎は、先代帝が作ったものです。ご存じですよね」

「ああ」

「科挙試験は本来、貧富の差なく有能な者を官吏として迎え入れるための制度であるべきです。けれど、それを成り立たせるために、貧しい者たちが少ない負担で学べる場が必要でした。裕福な家では金にものを言わせて有能な家庭教師を雇うし、山のように教材を取り寄せる。が、貧しい家庭ではそうはいかない。科挙試験を受けようと思うことすら、できない。そもそも学ぶ機会を得られないので」

科挙の制度を作ったのは華封の初代龍であったが、貧しい者たちのための学舎を南都に作ったのは先代帝である。

先代帝にはなんの才覚もなかったと人びとは思っている。けれど、彼は地道に国を変える努力をしてきた賢い龍であった。

少なくともその叡智を、陸生は、彼が敷いた政策によって感じることができた。後を継いだ義宗帝もわかっているだろう。

「記録によると、先代帝は陛下と同じに、幼い日々は夏往国に囚われ、華封の皇帝の座に就いて後は、そのほとんどの日々を宮城で過ごされております。むしろ陛下よりさらに不自由であった。先代帝は南都のみならず、行幸として地方に向かうことも一切なかった。それでも先代帝はこの国には貧しき者がいることを知っておられたのです。そうでなければ貧しい者が学ぶための学舎を作ろうなんて、思いもしなかったでしょう」

「…………」

「つまり、貧しいとはどういうことかを、誰かが先代帝にお教えしたのです」

義宗帝は机の上に肘をついて手を組んで顎を支え、興味深げな面持ちで陸生の話を聞いている。

陸生はなにもかもを覚えてしまう。そして、陸生は、記憶したそれらの議事録や政策を読んでいると、背景になにがあるのか筋道を辿ることができる。

先代帝にはひとつの理念があったのだ。

ばらばらな思いつきの政策ではなく、このようにしたいという明確な未来を描いて彼は政治に取り組んだ。

陸生は書庫の竹簡を見た後、あらためて先代帝の御代の人事の異動記録も読んだ。かつての後宮の人事文書を入手するのは少し手間だったが、なんとか手に入れた。

後に太監となったひとりの宦官が先代帝の側について以降、先代帝が真に国の未来を憂いて、人びとの貧困をなくすための政策を打ちだしたことが、あらゆる文書から読み取れた。

「先代帝の施策には思いが込められていた。先代帝が作ろうとされていた国は私にはとても美しいものに感じられました。けれど先代帝おひとりでは、そんなふうに美しいものを思い描けなかったのではないかと私は愚考しました。民びとと共に生きられたことのない、人の心を慮れない龍の末裔の施策にしては、先代帝の中年から晩年にかけての施策はどれも温情に溢れるものになっておりました」

「龍には人の心を慮れないと、そなたはそう申すのか」

義宗帝の声は穏やかであった。が、重みがあった。無礼であるとまなざしがそう告げていた。腹の内側に氷を詰め込まれたように陸生の身体の芯が冷たくなった。

けれど陸生は謝罪をせず、「はっ」と拱手し頭を垂れた。

「許す。顔を上げよ」

「はっ」

「そなたは善なるものや美しいもの、綺麗なものについて語るとき熱くなる。そなたの推論を語る機会を与えよう。続けることを許す」

義宗帝が淡く微笑んだ。子どもの語る現実味の薄い夢物語を聞いたときの大人の言い方だった。

——私もたいがい大人ではないけれど、陛下だって似たようなものではないだろうか。

言い返したい気持ちを胸の内側にぐっと押し込め、陸生は再び口を開く。

「……過去の議事録と書類の束が、先代帝の側にもともと貧しく有能な者がいたことを私に伝えてくれています。先代帝は皇帝の座に就かれて、そこからしばらくは当たり障りなく過ごされておりました。人事記録から推察しますに、その後に宦官たちの権力闘争が内廷で起こり、下っ端の宦官が部署を異動します。そこからです」

「そこから？」

「はい。宦官の異動が起こった後、政策が貧しい者に寄り添うものになっていったのです――先代帝に貧しさがどういうものかをお伝えしたのは、宦官ではないかと思っています」

そしておそらく最終的にその宦官は、先代帝の側で太監となった。

それが、議事録と書類と宦官の異動にまつわる文書から積み上げた陸生の推論である。

先代帝の死の後、太監は引退した。太監のそこから先の記録はないが、幸福で平和な余生を送ったと信じたい。太監より先に先代帝が亡くなって、もしかしたら太監はほっとしたかもしれない。孤独に生きたたったひとりの龍を残していくより、自分が残されるほうがましだと思ったかもしれない。

「そなたはときどきおもしろいことを言う。想像力が豊かなのだな」

義宗帝は真意の読み取れない整った笑顔を崩さずに、そうつぶやいた。

「はい。ありがとうございます。ですが、陛下。ときどきではなく私はいつもおもしろくてためになることを話しております。私はなにせ天才なのです」

胸を張ったら、義宗帝の固い笑みがわずかにひび割れた。どうしようもない者を見る目をして失笑を零したが、怒ってはいない。

義宗帝はいままで陸生の無礼を怒ったことは一度としてないのだ。いつもただおもしろがっているだけだ。変な男だが役に立つ。義宗帝にとって自分はそういう立ち位置の男であるはずだ。そして役に立つ限り、義宗帝は、陸生を受け入れ続ける。

「畏れながら申し上げます。私は、陛下のまわりに集う者が、陛下の未来の道を定めていくのだと信じております。さればこそ、私も至らぬ身で、陛下の御側でつとめを果たしております」

拱手して祈るように訴えた。

──陛下はよくも悪くも龍の末裔だ。普通の暮らしを知らない。

義宗帝には人の気持ちがないわけではない。けれど、人の感情から遠いところで思考を重ねる癖がある。

普通なら成人するまでに覚えるべき、信頼する者の喪失の痛みと後悔を、この龍はいまだ知らないでいる。

きっと義宗帝は、大切な誰かを失ってから、気づくのだ。自分にもわずかながら人の心があるということを。

「龍の心情もお考えも私にはわからぬことですが──私は、陛下の御為に、あの剣を失うことを危惧しております」

義宗帝は一瞬だけ目を見張った。

「覚えておこう」

義宗帝が小声で返し、陸生は「はい」と頭を下げた。

4

葉を落とした木々が寒そうに風に枝を鳴らしていた。

日差しはあまりに淡く、吹きつける風はのどや頬をきりきりと冷やす。

義宗帝は外廷を供も連れずひとりで歩いている。少し考え事がしたかった。誰にもなにも言われずに思考をまとめたい。

道の向こうから輿に揺られて貴族がやって来た。先触れの若者が先頭を走り、その後ろに続くのは、輿を肩に載せて歩く力者たちだ。輿の上に掲げられた三角の旗に刺繍されているのは蠍《さそり》である。

小さいが毒を持つ生き物を旗に縫いつけて、しるしとした一族。

——この一族は、いまは、もう、いない。

揃いの衣服を身に纏った力者たちの顔は切り抜いたように黒く、目も鼻も口もない。整然と進む彼らの足音は聞こえない。

彼らは――幽鬼だ。

しかももはや己の顔すら失って闇に堕ちかけた幽鬼たちだ。


義宗帝には幽鬼が見える。


彼らが幽鬼である証拠に、道を歩く誰もその輿にひれ伏さない。そして義宗帝が歩いているのを見ても止まろうとしない。位ならば皇帝のほうが上だ。高位の貴族であっても足を止めるべきなのは先方である。

輿に乗って運ばれる貴族も、無礼な者たちを叱りつけない。誰の目にも留まらず、ゆっくりと進む彼らの姿が、道行く人びとの身体をすり抜けていく。輿の椅子から下がった房飾りが、ゆらゆらと陽炎《かげろう》のごとく揺れていた。

幽鬼がどういうものなのかを義宗帝はよくわかっていない。義宗帝には、ただ、そういうものが見えてしまうだけなのだ。

彼らは生前に果たせなかった想いにしがみつき、幽鬼となっても同じことをくり返し続ける。

死んだ後もずっとこの世にしがみつくほどの想いの蓄積を、義宗帝はいつも、うすら寒い心地で眺めている。

義宗帝は立ち止まり、ふと振り返る。

彼らが進む道の果てにあるのは皇帝の執務室だ。

義宗帝が来た道をこの幽鬼たちの一行は進んでいくのだろう。

――従者たちもみな、彼と共にこの道を辿り続けているのか。

それが珍しいと義宗帝は思った。義宗帝はいままで何十人もの貴族の幽鬼を見た。けれど高位の貴族の幽鬼は、だいたいひとりきりで流離《さすら》っている。こんなふうに従者と共に外を走る貴族の幽鬼はあまりいない。

ならばこの貴族は、従者たちに慕われていたのかもしれない。

蠍の旗印を持つ一族を義宗帝は知らない。ということは、彼らはきっと百五十年前、夏往国に敗れた時に潰えた一族の幽鬼であろう。

おそらく全員が同時に刃の露になったのだろう。自分が死んだことを全員が無念と感じて幽鬼として縛られたのだから。

彼らが目的の場に辿りついたところで、彼らが仕えていた皇帝も、彼らと共に政治を行った貴族や官僚たちももういない。

――それでも幽鬼たちは同じ行動をくり返すのだ。

生前に残した無念をずっと晴らそうとし続けるのだ。

義宗帝は彼らの声を聞く術を持たない。彼らの想いを聞き入れ、成就させることはかなわない。

けれどせめて、と、義宗帝は片手を掲げ、ひらりと空を切る。

ここでめぐりあったのもなにかの意味があるのかもしれない。だったら気まぐれにでもこの力をふるおう。

「そなたらが仕えた主ではないが、龍の末裔として告げる。大儀であった。天に参れ。許す」

小声でささやくと、先頭を走る先触れを告げる使者の顔にわずかに光が差す。真っ黒な顔に目と鼻と口が生じ、まだ幼さの残る無垢な目が、義宗帝にまっすぐに向けられる。勢いよく走っていたその片足が、空に浮かぶ。続いて反対の足が、さらに上に。

そのまま若き使者は、見えない階段を駆け上がるように空へと舞い上がる。その後ろについて力者たちが空の階段をのぼる。漆黒から色を取り戻した力者たちは、少しだけ疲れた顔をしている。

そうして彼らは――輿に載せた貴族ごと、螺旋を描くようにして空にのぼっていき、光の帯になってふいにかき消えた。

――私には幽鬼を祓う力がある。

あるのだけれど、はたしてそれが幽鬼にとって喜ばしいことかどうかは不明だ。祓った末に彼らがどこにいきつくのかも正直なところわからない。幽鬼となってもまだしがみつくだけの想いをかなえてやることなく、ただ、やみくもに祓ってしまうことの是非もわからない。

彼方に消えた幽鬼たちを見送った瞬間、彼らに己の姿を重ね、義宗帝の胸にかすかな痛みが刺した。

共に走り抜ける幽鬼たちの姿が美しく、そして儚いと感じられた。

──私には水をあやつる力もある。

けれど義宗帝は、龍の末裔であるしるしのその力の発現を夏往国に隠して生きていた。なぜなら、最強の凶器となるような力であったからだ。

義宗帝はぼんやりと空を見上げる。

空の端は透明な蒼。もうじき空を朱に燃やして日が沈む。

──先代帝には心を許せる友がいた。

陸生は先代帝の残した詩を読んでそう結論づけた。

──陸生は、ああ見えて、想像力が豊かなのだ。

答案用紙の筆跡の違いに気づいて院試の不正を疑い調べはじめたのも、細かくさまざまなことをすべて記憶する頭脳と、豊かな想像力の成せる技だと思っている。

想像力。あるいは閃き。過去の記録を見直して、常人ならばつなげないような物事をぴたりと貼り合わせる。

陸生はひとしきり推測を熱く語り、しまいに「先代帝には心を許せる友がいたのですね」と晴れやかな笑顔を見せた。

それを告げたかったのだと陸生は、そう言った。

――先代帝には心を許せる友がいた。

それだけを告げたかったのだそうだ。

そう言われたとき、どうしてか義宗帝の心の奥にあたたかい水が流れたのだ。これまで感じたことのない、ゆるやかな喜びが自身の内側で波打った。

陸生は、おそらく義宗帝が彼に渡した宝和宮の書庫の鍵で入室した際に、書庫の竹簡を読もうとしたのだろう。陸生は本の虫だ。彼が書棚の書物に興味を持たないはずはない。絶対に本を書棚から抜き取って、開いたはずだ。

そして義宗帝も、彼のそういう資質を知ったうえで、鍵を渡して入室させたのである。

義宗帝もあの書庫に並べられた本については疑問を抱いていた。自分では謎を解明できなかったため、才気溢れる陸生なら、中味のない書物と書棚、さらに奥にある先代帝の残した竹簡の「呪詛」について調べ、なにかが閃くのではないかと期待を込めて鍵を渡した。

もちろん翠蘭を囮として外に出すのにあたって、頼りになる者にまかせたいという理由で陸生と翠蘭を会わせたということもあったのだけれど。

——その結果、先代帝には心を許せる友がいた、と言われることになるとは思いもしなかった。

陸生は「あの書庫は、外廷から内廷に逃げる部屋で、追われたときのために内鍵を作ったのでしょう。入ってすぐに隠し通路の扉を見つけられないように書棚を配置し、通路を作った。書棚を動かないものにするために重しとして書物を詰めた。普通の書物を詰めればいいだけなのに、中味のないものを作らせて置いたのは、逃げるときに火をつけることを想定していたのかなと思いました」と義宗帝に告げた。

万が一のときに知識の詰まった書物が燃えてしまうことが悲しくて、あのようなものを作ったのかもしれない、と。

続けて「先代帝の筆致の竹簡も読んでしまいました。申し訳ございません」と悪びれずに頭を下げ「呪詛を託せる相手がいたのですから、先代帝は孤独ではなかったのでしょう。私はそれが嬉しかった」と晴れやかな顔で笑った。

呪詛の詩歌を見て、どうして笑顔になるのか。まったくもって陸生は、おもしろい。

「あの男の閃きは、いつも、私が思いもつかないところに辿りつく」

思い返しながら歩いている義宗帝の唇から、言葉が転がり落ちる。

それならそれでいい。予想外のところに向かって走りだす有用な男の反応を、義宗帝は、常におもしろがっている。

とはいえ、その有用な男が思いもよらず翠蘭の教育に本気になってしまったことには困惑を覚えている。翠蘭に課題を与え、あろうことか、詩作や史学を後宮で教えてやって欲しいと義宗帝に頭を下げた。

おかげで義宗帝は毎日、水月宮に出向いて朝食を食べ、そのついでに彼女の勉学を見るのが日課となってしまった。ついでに翠蘭だけではなく宦官の雪英にも読み書きを教えることがある。雪英はしきりに恐縮し、泣きそうな顔で学んでいた。

それは義宗帝がいままで持ち得なかった和やかな時間であった。

心地良いとさえ思うことがある。なるほどこれが平穏かと、たまに思う。

——先代帝には心を許せる友がいた。

その心を許せる友とは、自分にとっては太監であり、陸生であり、翠蘭であり、淑妃なのであろうか。

義宗帝がわかっているのは、それでも先代帝はこの国を呪う詩歌を書いて没したのだということだけであった。

＊

義宗帝は翠蘭が「王静」になるのを止めなかった。

翠蘭もまた自分が「王静」になることを止めたくなかった。

翠蘭は乾清宮にある義宗帝の私室に戻り、跪いて投げ文の報告をした。

そのまま紙と筆を手に取ってさらさらと「私はこのまま囮となって南都を走りまわって過ごしたく思います。私が昭儀であるとばれているのなら、むしろそれを利用して学政と朱張敏をおびきだせるでしょう」としたためて、義宗帝に渡す。

「むろん、そのつもりだ」

と義宗帝はうなずいた。

——きっと陛下は最初からそのために私を外に出したんだ。

義宗帝は〝科挙試験の不正を正すための調査を外廷で行え〟と翠蘭に命じたのだ。学政を捕えよとは言われていない。

紙を覗き込んだ淑妃が、寝台に腰かけて血染めの沓をぶらぶらと揺らしながら「でもあまり長くなるのはよくないわ」と唇を尖らせる。

淑妃は翠蘭が書いた紙を引き寄せて、自分も筆を手に取り、

「宦官たちが私たちの様子を楽しみに聞くようになってしまったわ。そうじゃないですか、陛下？」

と書きしるす。

義宗帝がうなずいた。

続いて淑妃は、

「そういえば、私、先日、皇后さまにお茶会に呼ばれて〝昭儀を玩具にして楽しい遊びをはじめたと聞いている〟って言われたわ。皇后さまも、この遊びにご興味をもたれていらっしゃるの。そうですよね、陛下？」

と声に出してそう言った。

義宗帝はまたもやうなずいた。

「私、皇后さまと同衾《どうきん》するのは畏れ多くて身がすくんでしまいそう。だから、皇后さまがいらっしゃるなら、私はあなたの相手を辞退するわ」

「……っ？」

淑妃がいなくなって皇后が入ってくるとなると——それはもう本気の伽になりそうだ。こっそり抜け出るとか、隠蔽をはかってくれるとか、そんなのは無理だ。

「だから、この遊びに、回数を決めましょうよ。そうね。あと二回でもう三人での伽はやめましょう？」

二回とはまた絶妙な回数だと翠蘭は義宗帝の顔を仰ぎ見る。

あと二回ですべてを成せるだろうか。

いや――。

翠蘭はまた紙を引き寄せ、筆を走らせる。

「確実に学政と引き合わせていただけるならあと一度で終わりにします。あとは私が証拠を集めればいいだけのことです」

「そなたにそれができるのか？」

義宗帝にしては珍しく翠蘭に確認をした。

「はい。やります」

翠蘭は義宗帝を見返しきっぱりと告げる。

できるかどうかではなく――やるのだ。

王静が囮だと気づいていても、食いつきたくなるようなものを餌にして仕掛け――証拠を作りだす。言い逃れできないような形で暴露する。

「ただし、いくつか用意してもらいたいものがございます。まず水に溶けても蓄光を保つ染料の粉。それから……」

翠蘭が計画を紙にしるすのを、義宗帝と淑妃が頭を寄せてじっと覗き込んでいた。

その七日後である――。

義宗帝から「今日、青楼に学政の長孫が来るそうだ。鳳仙という妓女にそなたのことを伝えてあるから、彼女を頼って学政と会いなさい」と、陸生からの伝言をもらった。だったらすぐに青楼にいけばいいようなものだが「学舎で少しでも学んでから青楼にいくように」というひと言もつけ加えられていた。

――なんで陸生さんは私に勉強を教えたがるのか。

嫌というわけではないので、困惑しつつも、王静となった翠蘭は、後宮を抜け出てまず最初に学舎に駆けつけた。

午門を出て、背後をちらちらと気にかけて進む。

毎回同じように人通りの多い市のあたりで背後からの視線を感じる。後ろを気にかけつつも、振り返っている余裕はないので、一旦、色町の側の仮住まいに向かい、そこで勉強道具一式の入った籠を背負って、今度は学舎に向かった。

結局、何事もなく学舎に辿りつく。

部屋に入ると生徒みんなが嫌そうな顔で王静を見る。王静はへこへこと頭を下げて、一番後ろの席に座った。

劉博士はぎろりと睨みつけたが特になにも言わなかった。それをいいことに席についた王静は、書籍を広げて劉博士の講義に耳を傾け――すぐに、うつらうつらと船を漕ぎだした。

しゅっと空を切る音がした。

劉博士が扇を飛ばしたのである。

そういうとき、王静は黙って博士の扇を頭で受け止める。避けないほうがいいのである。うっかり扇を避けてしまうと「それができて、どうして授業に向き合えないのか」とくまっとうなことを懇々《こんこん》と諭される。そうすると授業が長く中断されて、他の生徒たちの迷惑になる。

――授業は興味深いのだけれど、できないふりをしないとならないから。

眠りこけた真似をするのは申し訳ないし、もったいない。けれど優秀な生徒であってはならないのであった。

できない生徒が音を上げて、学政のもとに不正入試を頼むという筋書きになっているのだ。ここではとことん駄目な生徒ぶりを見せつけ、学政にも「ああ、おまえがあの不出来な王静」と納得してもらいたい。

とはいえ扇の縁が突き刺さると流血するので、横にぶつかるように加減し、頭を傾ける。軽く後ろに引いて、そこまで痛くならないように調整もする。結局、扇は王静の肩に当たった。

王静は扇が机に落ちてから「わっ」と声をあげ肩を押さえた。もちろん演技である。

こつこつと気ぜわしい足音が近づいてくる。

びくっと肩を震わせておそるおそる顔を上げると、目をつりあげた劉博士が王静の前に立っていた。

「王静っ。おまえは毎回、なんのために来ているのか。学ぶ気があるのか」

「気だけはあるんです。ただ」

「ただ？」

「すみません。気持ちはあるけど頭がついていかなくて。先生のお声があまりに良すぎて、聞いていると、誘われるように眠たくなって……役者さんもかくやの美声ですね」

実際、劉博士の声は良い。深みのある朗朗たる声で、たとえば詩歌の朗読などは聞いていると、大きなあたたかいものに耳ごとすっぽりと包まれるような良い心地になるのであった。

頭を掻いてへらりと笑うと、劉博士はため息を漏らし、やれやれというように首を振る。

「おまえは科挙を受けて官僚になるより幇間《ほうかん》にでもなるほうがいいかもしれないね」

「ですよね。自分でもそんな気がします」

そう言って扇を両手で持って劉博士に戻す。

「同意するんじゃあないっ‼　幇間という仕事がよくないというわけではないよ。あれはあれで必要な仕事だ。でも、幇間になるのなら私の学舎に来る必要はない」

「はい」

「おまえはたまにしか顔を出さないのだから、講義がわからなくても当然だ。そのぶんもっとしっかり学ぼうとしなさい。今日は家に帰ったら『塩鉄論《えんてつろん》』を書写しなさい。おまえの親戚だという胡家にはどんな書物でもあるだろう？」

劉博士のすごいところは、どうあってもまだ王静を見離さないところである。ぎろりと大きな目で睨みつけ、扇の先で机をばしりと叩く。

「はい……たしかに胡家にはありましたが、けっこう前に叱られて家を出たので」

「家を出た？　それでどこで暮らしているんだ」

「はあ。ちょっと色町のあたりで」

劉博士は「色町っ？」とまた声を張り上げた。

王静は色町の片隅で仮住まいをはじめたばかりだった。といっても王静は宿泊ができないので、賄賂のための品物を置いておくための場所である。

色町は治安が悪いと思いがちだが、その一方で、人間同士の団結は固いのだ。色町の女たちの住居のまわりを見慣れない人間が歩いていると、引っ立てられる。陸生がすべてを手配して、王静は最初に顔役に挨拶をしているため、いまは客分扱いだ。

——色町の果てまで顔が利くって陸生さんってすごい。

「おまえってやつはっ。いいか。『塩鉄論』を借りに戻るついでに頭を下げて、胡家に再び受け入れてもらうといい」

「そういうわけには……」

「そういうも、こういうもないのだよ。おまえは無名のただの若者だが、このあたりでは胡家は有名なんだ。その胡家の主が目をかけている親戚の若者となると、みんなが注目している」

　苦虫を噛みつぶしたような顔になり劉博士が続けた。

「二度は言わない。いいかい、王静。おまえは恵まれている。この南都には——いや、南都に限らずこの国には、学びたくても学べない者がいるのだ。おまえの立場を羨む者もいるのだよ。うちは無償の学舎だ。だが、うちに来ることすらままならぬ者がいる。そういう者たちは、おまえのことを悪く言うし、おまえの行いをわざわざ私に伝えに来る」

　静かな言い方だった。けれど、静かであるからこそ怒りが伝わってきた。

「同じことを私だけではなく学政に告げる者も出てきているんだよ。学政から先日、おまえについて問われたんだ。胡陸生が後見をつとめる若者はそこまで不出来なのか、とね」

「はぁ……」

「科挙は答案用紙だけではなく、その人となりも見る試験だ。受ける前に評判を貶めてどうするのだ。おまえの悪い噂はおまえだけではなく胡家のことも苦しめる。胡陸生は伝手《つて》をたよって私のもとにおまえを押し込んだ。その恩義に報いなさい」

劉博士だけではなく、学友たちの王静を見る目も冷たい。視線がそのまま刃となって突き刺さってくるようだ。

劉博士は王静の前から離れたが、さすがにもう眠ったふりはできず、王静はその後、真剣に劉博士の講義に耳を傾けたのであった。

そうして——その日の講義が終わり、劉博士は「王静、次は『塩鉄論』を書写したものを持ってきなさい。おまえの筆致を見てあげよう」といかめしく命じた。

王静はわざとらしく肩を落とし、礼をしてから部屋を出る。

学舎の外に出ていくと、ふいにぽんと背中を叩かれた。

誰だろうと振り返ると——劉博士の学舎で共に学んでいる生徒の、梁浩然《りょうこうぜん》であった。

浩然は学友のなかでも際だって優秀で、しかも性格が優しい。はじめて王静がやって来たとき、王静がどこに座ればいいか戸惑って固まっているのを見て、声をかけてくれたのも浩然であった。

「きみ、本当に胡家を飛び出してしまったの？」

浩然は興味深げにそう尋ね、王静の隣に並ぶ。

「はい」

「このまま胡家に謝りにいくのかい？」

「いや。潮時だと思うんで……土産話のひとつも持って田舎に帰りたいので青楼にでも行こうか考えておりました」

「青楼だって？」

王静より頭ひとつぶん背が高い。ひょろりと手足が長い痩身で、日に焼けて真っ黒な肌をしている。学舎で学ぶ時間の他は、川船の漕ぎ手の親の仕事の手伝いをしているのだと聞いたことがある。いつも疲れた顔をして、そして悲しそうな目をしている。

背後から「青楼だってさ」「幇間がお似合いだよ、本当に」と言い合っている声が聞こえてくる。ちらりと後ろに顔を向けると、何人もの学友たちが固まって、王静と浩然を見ている。

「はい」

「青楼にいけるお金があるってことか……」

羨望交じりにつぶやかれ、胸が痛んだ。

「いや、まあ、はい」

狼狽えた声で曖昧に返すと、浩然は苦く笑った。

「青楼はまあおいといて——きみ、胡家にいたほうが絶対にいい。謝罪して戻りなよ」

竹簡や筆記用具一式を詰め込んだ背負い籠が彼の背中で小さく揺れる。

「いやあ、それはわかるんですけどね。でも私は胡家の主と気が合わない。そもそも出来がよくないし、怒られてばかりで嫌になっちゃって。劉博士の講義もそうですよ。今日もなにを教わってるのかすら理解できなくて、眠ってしまったくらいで。あきらめたほうがいいんでしょうね、科挙試験」

　笑って頭を掻いてみたら、浩然が目を細めた。

「そんなことはないよ。ちゃんと学舎に毎日来ないから、ついていけなくなるんだ」

　浩然はそう言いながら背負っていた籠の紐をゆるめておろし、中味をごそごそと探った。

「そうだ。きみが休んでいるあいだに教わったものだ。もし、必要ならばこれを貸すよ。明日……は無理か。明後日に返してくれればいい。僕は僕で他の木簡か、布を使えばいいことだから」

　籠から取りだしたのは木簡である。おそらくこの数日、習ってきたことを書きしるしたものだろう。

　学舎に通う生徒たちは年齢もばらばらで、十六歳から三十代までと幅広い。浩然も若く見えるがそろそろ三十歳に手が届くと言っていた。

　年も見た目も性格もばらばらな彼らはけれどもみな一様に貧しく、使い古しの書物を手に持ち、紙ではなく木簡に筆を走らせる。

　紙は、高い。一度なにかを書いたらそれきりで再利用ができない。

　でも木簡ならば書いたことを覚えてしまえば、その後は、しるした文字を削りとった上に新しく書いて再利用できる。厚手の粗末な布も、そうだ。鑢《やすり》をかけて文字を削って、その上に墨で文字を書く。

　何度も文字が削られた木簡や布は表面がささくれて、すり切れている。それを休んでいた王静が難儀をするかもしれないと、こうやって差しだしてくれる。

「ありがとうございま……」

　つい、素直に感謝してしまい――その後で「これじゃあ駄目だ」と内心頭を抱える。王静は勉学についていけないし、努力をしない男という設定なのだ。

「すみません。ありがたいけど、いらないです。私にはちょっと難しすぎる」

　明るく言って木簡を押し返すと、浩然は残念そうな顔をした。

「そんなことはないと思うんだ。でも……無理強いはできないや」

「はい」

「きみは恵まれているのに……」

　浩然の眉尻が悲しげに下がった。

　言いたいことは、わかる。恵まれているのにどうしてきちんとしないのか。それがとても悔しくて、歯がゆいのだろう。

　ぜんぜん違う出会いであったら――だらしない男である王静ではなく翠蘭として彼と巡り会っていたら――彼と仲良くなれただろうにと思う。

　――いや、無理か。そもそも私が王静じゃなかったら、彼と会うことなんてないんだもの。

翠蘭は、科挙試験を受けることはない。科挙を受けられるのは男だけ。華封国の女性は科挙を受ける資格を持たないのだ。

どうしようもなくて、だから王静はまた頭を掻いた。かりかりと掻きむしったから、もしかしたら頭の上の弁帽子が歪んでずれたかもしれない。それはそれで、王静の情けないだらしなさがまわりに伝わるから、よしとする。

「できが悪くて、ごめん。私みたいなのが胡家の遠い親戚ってことがよくないんだ」

そう謝罪して、背中を向ける。

もう浩然は追いかけてこなかった。一瞬だけ後ろを見ると、浩然のまわりに学友たちが集っているのが見えた。王静との会話を聞いていたのだろう学友たちは、声高に浩然を慰めだした。

「あいつは駄目だ。話しかけると馬鹿がうつるぞ。せっかくの学びの場に毎日来ないで青楼の側でふらふらしている奴なんだぜ」

学友のひとりが言う。

「そうだよ。あいつ泰州から来ているんだろう。旅費に、ここでの滞在費……いくらかかってるんだろう。僕なんて教科書を揃えるのにどれだけの人に迷惑かけたかわからない。どうしても試験に受からないと、この後がない。それなのにあいつときたら、親戚の家に居候していたのが、勉強が進んでないことを叱られて大喧嘩して飛び出したんだろう」

別の学友がそう続ける。

耳が痛いし、心も痛い。まったくもってその通り。王静はろくでなしだ。

王静以外の学舎に学びに来ている者全員は、貧しいなかでやりくりをして、まわりの期待を一心に背負って必死に勉強しているのである。そんなみんなが自分たちと比較して、王静を悪く言うのは当然だ。

けれど悪評が立つのも陸生が立てた計画のひとつだから、訂正しようがないのであった。

とにかく駄目な奴として全うしようと心に決めて、王静は学政を捜しに青楼に足を向けた。


青楼のある色町は、南都の北に位置している。

学舎から出た後も視線を感じたが、気にかけずに南都の広小路を北に進む。どうせひと目がある限り、向こうはこちらに手出しはしない。

王静が籠を背負って背を丸めて歩いて行くと、ある地点で道の色が赤くなる。

色町の道は、赤い煉瓦が敷き詰められた広小路なのである。

道の色が変わると、道沿いに建つ店も色を変えていく。

妓女が使う白粉や眉墨などの化粧品の店、小間物屋。それから酒を扱う飲食店。どの店も赤に金で店名をしるした扁額を入り口の上に掲げている。

歩いているだけで目の前がちかちかとしてしまいそうなまばゆい街並みは、意外なことに、宮城とよく似ている。

道の広さこそ宮城のほうが広いのだけれど、敷き詰められて整備された道は清潔だった。陸生の家の付近の、腐臭が漂い泥に足を取られる細い道とはまったく違う。赤い煉瓦道は、裾をつままずとも歩いていける。

最初は表通りを歩いていた王静だったが、色町も後宮や宮城と同じで、広くて清潔な道は位の高い人びとが馬車や輿を使って行列を作って行き来しているため、道を曲がって裏道を使うことにした。いちいち止まって頭を下げて行列を見送っていると、なかなか進まないのである。

できるものなら青楼に顔を出し用件をすませ、日が暮れる前に後宮に戻りたい。

一歩、路地裏に足を踏み入れると、綺麗なのはすべて表通りだけだとわかる。

ひとつ道を違えただけで、道の煉瓦はなくなって、入り組んだ細い路地になる。

先に進むと、饐《す》えた匂いが鼻につく。陸生の家の付近よりひどい悪臭がするが、王静はもう袖で鼻を覆うことはしなかった。

裏道になると、道沿いの建物の種類も変わる。煉瓦道沿いの建物とは違い見るからに安《やす》普請《ぶしん》の建物が並ぶ。裏道にあるのは、安い飲み屋と客を選ばない遊郭だった。王静の仮の住まいはその一角にある。

そして、そのさらに裏では、建物らしい建物がなくなって、遊女が道に立って客に直に交渉する姿が見られる。

王静の目の前で、交渉が成立し、ひとりの男が屋根があるだけで壁も崩れた壊れかけた家の床に引きずり込まれていった。扉もないから室内が外からよく見える。筵《むしろ》一枚を敷いただけの床から視線をそらし、足早に急ぐ。

足もとを黒い影が横切って、慌ててぴょんと飛び退る。なんだと思って見ると大きな鼠《ねずみ》であった。駆け抜けた鼠は、廃屋じみた小屋の床下に姿を消した。

雨が降ると泥だらけになる細くうねった道をさらにずっと歩いて行くと、川沿いの土手道に続く。

南都にはいくつもの川が流れている。華封の物流を支えているのは、道ではなく、川である。

しかし色町沿いの川は支流で細く、流れが速い。下手な漕ぎ手は櫂《かい》を流され転覆するので、この川は船の行き来もほとんどない。

そもそもがこの土地が色町になったのは、急流のこの川ゆえだと聞いている。船を使って遊女たちが逃げないように、狭くて急流で、短い川沿いに青楼を建てたのがはじまりだったとか。

このあたりは土手も整備されてはおらず、あちこちの盛り土が川の水で削れたまま放置されていた。柵もなく、うっかり転ぶとそのままころころと川に落ちてしまいそうだった。そして人通りも少ないのに、どういうわけか道の端の枯れた雑草の上にはいつも誰かの吐《と》瀉物《しゃぶつ》が乾いてこびりついているのが不思議であった。

――南都は居心地の悪い場所だ。あからさまに、人の上下が目に見えてしまう。

歩く道が、違うのだ。こんなに明確に、違うのだ。

持っている者と、持たざる者。くっきりと区分けされた貧困は、王静――翠蘭にとって、はじめて目にするものであった。田舎者だが大切にされて暮らしてきた王静は、色町の川沿いに生きる女たちの生き方も、陸生の屋敷に集う子どもたちの生き方も、知らなかった。

――私はなにひとつ知らない。

陸生の家を訪れたときもそうだが、学舎で学んでいるときも――色町を歩くときも、王静は自分がなにひとつ知らないのだと思い知り、己の幼さに驚いている。野山で道を切り開き、自分が歩く道を作っていた頃が懐かしい。

都では、人は、暮らしぶりで歩く道が変わるのだ。白い道。赤い道。整備された道。泥まみれの細い道。

そしてその道を歩く足も思い浮かべる。自由に歩ける自分の足と、それを阻まれた淑妃のような小さな纏足。

そういえば自分は後宮のなかでも己の無知に驚いてばかりだった。贅沢な宮で、美味しいものを食べて綺麗な衣装を着て過ごす妃嬪と宮女たちの一部は、後宮暮らしを不幸だと嘆き悲しんでいた。

けれど全員がそうではなかった。後宮の外での暮らしよりずっと楽だと語ってくれた妃嬪もいたのだ。貧しい暮らしから逃れたくて後宮に輿入れしたのだから、義宗帝の寵愛を受けて後宮で上り詰めたいと頬を染めていた妃嬪もいたのであった。

頭と心がぐるぐるとおかしな感じに渦巻いている。突き詰めて考えると自分が情けなくなるだけだから、途中で思考を止め、ただひたすら足を進めた。

落ち込んだところでどうしようもない。生まれも過去も変えられない。自分にできるのは現在と未来を変えようと努力することだけだ。

川縁の道を歩いていると、王静を男性だと信じ、遊女が声をかけてきた。

「兄さん、安くしとくよ」

と袖を引いてから「なんだ、あんた、最近このへんで暮らしはじめた兄ちゃんか。じゃあ客じゃあないね」と、渋い顔になって手を離す。

仮とはいえここで暮らしはじめた王静は、色町の人びとにとっては身内なのであった。

——だから色のついた道の近辺でも、後ろをつけてくる誰かは私に手出しできない。私になにかあったら色町の顔役の怒りを買うことになってしまうから。

「兄ちゃん、もうじき日が暮れる。寒くなったらこのへんの女ですらもう仕事をしないんだ。男衆も暗くなってからのこのあたりは危ないって寄りつかないよ。早くうちに帰りな」

南都では夜の外出は禁じられている。治安を守るためである。川縁のこの道は、色町で暮らす荒くれ男ですら歩きたがらない。

「うん。ありがとう。用事をすませたら急いで帰るよ」

心配してくれる気のいい遊女に笑いかけ、王静は川辺を後にした。

陸生に教えてもらい辿りついた青楼――掲げられた扁額は『千紫万紅楼』。

要所要所に石材を取り入れた箱形の三階建ての楼である。

彫刻をほどこされた抱鼓石《ほうこせき》が入り口の両脇に据えられている。門扉を支えるための支柱石には、逆さまになった蝙蝠《こうもり》が四角い穴に帯を通した小銭を咥えて飛翔する「福在眼前」の吉祥図が刻まれている。

門をくぐってすぐに門番に止められて、王静は顔いっぱいに愛想笑いを浮かべ、

「鳳仙さまにお会いしたくて参りました。王静と申します。鳳仙さまとは私の知り合いが、知り合いで……つまり、私の名前を伝えていただければ、わかるかと思います。ええと……あのお金ならほらこの通り」

と懐から金子《きんす》を取りだした。

「鳳仙に会いたいって人はたくさんいますよ。会えるかどうかを決めるのは、お客さまじゃあなく鳳仙の側だ」

居丈高《いたけだか》に言われ、王静はへらへらと頭を掻いた。

「もちろん存じておりますとも。今日のところはなかに入れていただいて、また後日、あらためて来るのでもかまいやしないんだ。なんせここは国いちばんの青楼『千紫万紅楼』だ。私は田舎者で、ちょっと前に南都にやって来たばかりなもんだから……せっかくなら大枚はたいてでも『千紫万紅楼』に足を踏み入れてみたいじゃあないか」

――あらためて来ることになったら嫌だし、かまうけど。

田舎者だが、大枚はたいてでも『千紫万紅楼』に足を踏み入れたいわけではない。

思っていることと、演じていることが真逆で、胃が痛くなる。自分は演じることは向いていないし、嘘をつくのは下手なはず。義宗帝からは「そなたは口より目が多くを語るから、嘘をつくときは目を閉じておけ」という助言をもらっているから、つい、おどおどと視線をそらしてしまう。

が――その挙動不審で弱気な態度が、嘘とうまく嚙み合っていたようである。

門番は王静の上から下までぎろりと一瞥し、哀れむような薄笑いを顔に貼りつけて「おまえ青楼ははじめてみたいだな」と聞いてきた。

「はじめてですよ。青楼に限らず、遊郭ってのがはじめてだ。そんなものがない田舎から来たんだ」

背負い籠の紐をもじもじと触り、もごもごとそう返してうつむくと、

「……おめぇ、最近、色町のはしっこに暮らしている小僧だな」

と顔を覗き込まれた。色町の噂は広まるのが早い。王静の名前と顔はすっかり浸透しているらしい。

「まだのどぼとけも出てないような小僧っこが、こんな大金用意して……。そういうのをうちの妓女たちは嫌うんだよ。だからおまえ、断られるよ。でも、俺も男だ。おまえの気持ちはわからんでもねぇ。うちの門をくぐったっていうだけで自慢話になるからなぁ」

そう言われ、王静は慌ててのどを手で隠す。首に巻いていた布がずれていたようだ。

「しようがねぇな。通っていいぞ」

門番に横柄にそう言われ、王静はへこへこと頭を下げてなかに入った。

すぐ先に花と蝶をあしらった屏風門があり、さらに進むと、門に向かって対面する形で長机と椅子が据えられている。壁に飾られているのは仙界の天女を描いた名画で、大振りの花瓶に活けられているのはたおやかな白い水仙だ。

椅子に座っているのはしなびた老女であった。長煙管《ながぎせる》を吹かし、王静を値踏みするようにぎろりと睨みつける。

「あの……鳳仙さまにお会いしたくて……王静と申します」

門番に告げたのと同じような言葉をしどろもどろにくり返すと、老女がカツンと音をさせて煙管で火鉢の縁を叩いた。音に反応してなのか、屛風の裏からぬっと武骨な大男がふたり顔を出す。

懐から金を取りだして老女の前の机に置くと老女が顎で指図して、男のひとりが金貨を嚙んだ。偽金かどうかを確認したようである。軽くうなずいた男を見て、老女は袋ごと手元に引き寄せた。

「会うかどうかは鳳仙次第だ。そこで待ってな」

しわがれた声でそう言われ、王静はおずおずと聞き返す。

「はい。あの……おつりは……」

袋に入っていたのは金二両。金がそれだけあれば、大人の人間が贅沢しなければひと月くらいは食べていける。

老女が目をわずかに細め、長煙管の吸い口を唇をすぼめて吸う。少ししてから顔をそむけてぷかりと煙を吐きだし、

「耳が遠くなっちまってね。あんたなにかを言ったかい？」

と、薄く笑った。

おつりなんて要求するほうが間違っていたらしい。

「いや、なんでもないです」

すごすごとうなだれてぼんやりと待っていると、大男が戻ってくる。大男の後ろから十歳前後とおぼしき愛らしい少女がついてきて、ひょっこりと顔を覗かせた。

「鳳仙姉さんは長孫さまがいらっしゃるまで退屈されているそうです。気が向いたから、お会いになるって言ってました。いらしてください」

少女は蝶のようにひらひらと王静の側に寄ってきて、笑顔を向けた。

──長孫は学政の姓だ。

王静は少女の手を取って、鳳仙のもとへ向かったのであった。

どうやら少女は鳳仙の側でつかえる見習い妓女のようだ。丸顔に垂れた目が愛らしく、双輪に結った髪は金銀の簪で飾られていた。

青楼には立派な中庭がある。庭を囲む形で上下に階段や廊下が配置され、なかを歩いていると方向感覚を見失う。

迷路めいた入り組んだ廊下を少女に手をとられ歩いていく。通り過ぎる扉の向こうから、妙《たえ》なる音楽が流れてくる。扁額が掲げられた扉もあれば、ない扉もある。格子の向こうでひらひらと妓女が舞い踊る様子が透かし見える部屋もあれば、その向こうでなにが行われているのか一切わからない分厚い木の扉もある。

いい加減もうどこを歩いているのかわからなくなったところで、やっと少女は足を止めた。

『山野花』の扁額を掲げた扉を押し開けると――真正面に屏風を背にして長椅子に座っていたのは、端正な面差しに麗しい化粧を施した美女であった。

艶やかな深紅の花のような女性であった。

襟ぐりを広く開いて着こなした赤と緑を組み合わせた衣装が、彼女の女性らしい身体つきを強調している。

高く結い上げた髪をまとめているのは銀と珊瑚《さんご》の簪だ。少しだけ髪がほつれて額に落ち、そのわずかにできた隙が彼女に色香を添えている。秀でた額に描かれた花鈿《かでん》は深紅の鳳仙《ほうせん》花《か》。小さな白い顔に杏仁《あんにん》型の漆黒の双眸。切れ長の目が三度瞬いてから、王静を値踏みするように見つめる。

「あなたが王静？」

高くもなく、低くもない、ちょうどいい声だと思った。ひとを落ち着かせる声である。

「はい」

王静に、鳳仙が笑いかけた。澄ましていると大人びて見えたが、笑顔になるとほんのりとあどけなさが覗く。

「話は聞いているわ。詳しいことは知らないけれど、長孫さまに会いたくて私を頼ってきたのよね？　長孫さまがいらっしゃるまで時間がある。ちょうど退屈していたところだったの。碁の相手をしてくださるかしら」

鳳仙の前には小さな卓が置いてある。向かい合わせに椅子が二脚あり、どちらも空席だ。鳳仙の言葉に王静をここまで連れてきてくれた少女が「はい。鳳仙姉さん」と応じ、ちょこまかと隣室に走っていった。戻ってきた少女は大きな碁盤を抱えていて、王静は慌てて彼女を手伝った。

さっと手を出し、碁盤を鳳仙の前卓の横に置くと、鳳仙が「あら。優しいのね、あなた」と艶やかに笑う。

そして、

「どうぞお座りになって」

と鳳仙が碁盤を挟んで向かいにある椅子を指さした。

王静は背負い籠を床に置いて椅子に座り、傍らに置かれた碁石入れから黒石を取った。滑らかな手触りが心地良い。きっと高い碁石なのだろう。碁盤も木目が美しい立派なものだ。

石を置いたらぱちりと硬質の良い音がした。

王静が座るとすぐに少女が茶の用意をし、卓に置いた。硝子の茶器のなかで銀色の産毛をまとった茶葉が揺れている。

「どうぞ」

鳳仙が自ら茶杯に茶を注ぎ、王静へ手渡した。礼を告げて手にとって口に含む。優しくて甘い味がした。

「美味しい白茶ですね。北部でとれたものでしょうか」

と王静が尋ねると、鳳仙は「ええ。長考してお茶を放置しておいても渋くならないから、碁をするときは白茶を淹れることに決めているのよ」と微笑んだ。

「長孫さまがいらしたらすぐにこちらにお通ししてね。あの方はあまりお待たせしすぎると焦《じ》れて嫌みをおっしゃる。それに今日は夕方のこの時間しかあの方に時間を割けなかったから、きっと文句を言われるわ。もっとお金をくださる方に私の夜を切り売りするのは当たり前のことなのに」

鳳仙は少女に向かってそう語った。愚痴にみせかけて、王静にこの後の予定を教えてくれたのだろう。

少女が「はい」と快活に応じ、礼をして部屋を出ていった。

そのまま鳳仙と王静はしばらく無言で石を並べていた。

互いの手筋が見えてきた頃合いで、鳳仙が小声でつぶやいた。

「あなた……碁は下手なのね？　あの人の生徒だからさぞやと思っていたのに」

「これから精進《しょうじん》させていただこうと思います。鳳仙さんも胡先生に手習いをされていたのですよね」

「ええ。おかげで青楼につとめることができた。あの人は私の恩人よ。いまは、私の弟が先生のおうちに通っているの。弟もとてもよくしていただいて、文字の読み書きもできるようになって――このあいだは手紙をもらったわ」

だとしたらきっと、王静は彼女の弟に家で会っている。陸生の家に集う子どもたちのうちのひとりだったのだろう。

「鳳仙姉さま」

声がして扉が開き、少女がひょこりと顔を覗かせる。

「長孫さまがいらっしゃいました」

「お通しして」

という鳳仙の声のしまいまで聞かず、男がひとり大股で部屋に入ってきた。ふくふくとした顔に髭を蓄えた小太りの好々爺《こうこうや》然とした男であった。絹の襦裙《じゅくん》は高位にのみ許される淡い紫に染められている。

鳳仙は、王静を見たときと同じに目を細めて長孫を見やり、

「あなたをお待ちしているあいだ、碁の手合わせをお願いしていたところです。でもこの子、弱いのよ。私の師の親戚だというからさぞやと期待しておりましたのに」

と笑顔になった。

「鳳仙の師というと胡陸生か」

長孫は着席の許可を取ることなく、王静の隣の空いている椅子にどかっと座る。碁盤の

盤面をちらりと見て、顎髭を指で撫でつけ、失笑を零した。笑ってしまうくらい下手な並べ方だったようである。

「はじめまして。李王静と申します」

王静は横の長孫に向かって腰をねじり、拱手した。

「王静……？　院試の合格をめざして南都に学びにきた若者の？　きみのことはいろいろと噂で聞いている」

長孫が王静の顔をしげしげと見つめ「なるほど、きみが」と合点したようにうなずいた。

「はい。その王静です。どうせろくな噂ではありませんよね」

長孫は答えず鷹揚《おうよう》に笑った。

少女が盆で茶杯と新しい湯を運び、いそいそと長孫の斜め前に置く。鳳仙は王静にしたのと同じようにゆったりとした所作で茶を淹れて、長孫に茶杯を手渡した。

長孫が茶杯に口をつけたのを見て、鳳仙も自分の茶杯を手にとる。

「あら」

という声にふと見ると、鳳仙の茶杯は空になっていた。王静と碁を打ちながら、飲み干してしまったらしい。

傍らに立っていた少女が茶海を手に取り、鳳仙の茶器に茶を注ごうとした。けれど、少女は慌てていたのか前のめりすぎたうえに、茶海の使い方が乱暴で、茶杯から茶が飛び散ってしまった。鳳仙の裙に、零れた茶の染みが丸く広がる。

「……鳳仙姉さん、ごめんなさいっ」

少女が慌ててそう言ったのに、鳳仙が「いいのよ」と笑う。

「ちょうど着替えたいと思っていたの。長孫さまにこのあいだいただいた緑と白の襦裙をお見せしなくてはならないわ。鳳仙花の花の刺繍の衣装は数多持っているけれど、実の刺繍をした衣装をいただいたのは、はじめてのこと。長孫さまはいつも私に変わったものを贈ってくださる。おもしろい方」

立ち上がり、肩に羽織っていた領巾を解いて、長孫の膝にふわりと載せる。

「でも今夜は別の方がいらっしゃるから、着て見せるだけよ」

「私をすぐに追い返すつもりかい」

「ええ。長孫さまには日が沈む前に帰っていただくわ。それ以上の楽しみは次にいらしたときにしておきましょう」

甘い声で流し目を送って隣室に去っていく鳳仙を、長孫はにやけた顔で見送った。

しかし鳳仙の姿が見えなくなると、途端に長孫は仏頂面になる。

ぎろりと王静を睨み「きみの同席を鳳仙が許したとしても、私は許していない。きみはここにいる必要のない人間だ。本来いるべき場に戻ったらどうだ」とそう言った。

皮肉っぽく口を歪めて笑っている。

　──これはもう私が何者かがばれているってことなんでしょうね。ばれていようとも、自分は王静という院試の合格を目指している駄目な男のふりを続けるしかないのであった。

「はい。用がすんだら帰ります。そもそも私は鳳仙さんじゃなくて長孫さまにお会いしたくて青楼に来たんですから。うまくお会いできたこの幸運に感謝してます」

　機会を作ってくれたうえに、都合良く退場し、王静と長孫をふたりきりにしてくれた鳳仙にも感謝をしたいと心の底だけでそっとつぶやく。

「私に？」

　長孫が眉をつり上げて聞き返した。

「はい。……その……試験で手心をくわえていただきたくて頼れないものかと思いあぐねておりました。長孫さまは学政で、試験官でいらっしゃるから」

　長孫の目つきが冷たくなる。けれど王静は彼が口を開くより先に、床に置いていた籠を手元に引き寄せる。そして紙に包んだ硯を取りだし、長孫に押しつけた。

「つまり、こういうことです。これは学政さまとのお近づきの挨拶がわりです。端渓硯の青花です。少しだけ見てみてください」

　端渓硯は、石に現れる天然の紋様の美しさで有名だ。そのなかでも青花は、青黒色の細かい斑紋《はんもん》が入っているとても美しい石で作られた硯なのである。手に入れることが難しく、とても貴重で高価な硯だ。

長孫は眉を顰めたが「青花」と言われると拒絶はできないようであった。

学政は文具が大好きだと陸生が言っていた。賄賂にするなら物品。そしてその後でお金。

金がいくらあっても貴重な文具を買えるかどうかは、運なのである。

膝の上で紙包みを開けた長孫は、現れた硯の美しさに目を見張り、息を呑む。

「これは……」

思わずというように包みから硯を取りだし、撫でまわしだした。高く掲げて表と裏を眺め「素晴らしい品物だな」と嘆息した。

「ええ。生涯で一度出会うか出会えないかの青花ですよ。これで磨った墨がまた、なんとも書き心地の良いもので……ああ、墨もいいのがあります。それからもちろん筆も」

次々と籠から紙包みを取りだして長孫に渡していく。

なにを渡しても、長孫は先に手に取った青石の硯をしっかりと握りしめ、離そうとしない。相当気に入ったようであった。

「ぜんぶ差しあげます。どうぞおうちに帰ってじっくりとご覧ください。長孫さまに正解の答案用紙をいただけるなら、それと引き換えにお渡ししようと思っていたのです」

長孫が「ふん」と鼻を鳴らした。

贈り物はどれもこれも膝の上だ。なにひとつ押し返してはこなかった。

それをもって同意とみなし王静は笑顔になった。

「それで……私はいつ長孫さまのおうちに伺えばいいでしょうか。これよりもっと珍しいものがあるんですよ。洮河緑石硯《とうがりょくせきけん》です」

洮河緑石硯は、甘粛州《かんしゅくしゅう》の洮河で採れる石で作った硯だ。そのなかでも翡翠《ひすい》のような美しい緑色の硯は別格で、めったに市場に出回らない。

「洮河緑石硯……」

王静の言葉に長孫の頬がにんまりと緩んだ。が、すぐに取り繕った真顔に戻り、

「明日の昼に来るといい」

と返事をした。

「明日ですね。はい。それでは明日の昼に長孫さまのおうちに伺います。答案用紙をお願いいたします。何卒何卒」

「くどい」

長孫が吐き捨てるように告げ、王静は頭を下げて椅子から立ち上がった。

――これでいい。

王静が長孫にやるべき仕掛けはここまでだった。

扉を開けて廊下に出る。男が二人、扉の両脇に控えていた。目つきの鋭さと、まとっている空気から武人と知れる。彼らはおそらく長孫の護衛なのだろう。

と王静が頭を下げると二人は眉を顰め、戸惑ったような顔をして軽くうなずいて、王静を見送った。

「ご苦労さまです」


青楼の門をくぐって外に出ると西の空が菫色に染まっていた。夕日が空を焼いた後の透き通った蒼い空の彼方に、一番星がぽつんと金色に光っている。

思いのほか長い時間を青楼で過ごしていたらしい。

早く帰らないと、宮城の午門が閉まってしまう。そうなると宝和宮に辿りつけず、後宮にも戻れない。

――でも、ついてくる誰かを捕まえないと、帰れやしない。

青楼を出てからずっと背後に視線を感じている。

王静は後ろについてくる誰かを意識しながら、行きと同じに広小路ではなく裏道を歩きだした。大通りを使うとたぶん閉門までに午門に辿りつけそうもないし、義宗帝に「帰りは川辺の土手道を歩け」と指示されたからである。

――広小路だと、鳳仙にすぐに追いだされるはずの長孫に追い抜かれてしまうし、そもそも後ろの誰かが動いてくれない。

今日で囮役は終わりだ。何時になろうとも、自分をつけまわしている誰かを捕まえてから後宮に戻ると言い置いて出てきたのだ。

急ぎ足で前に進む王静の頰を冷たい風がなぶっていく。

夜の幕が空を塞ぎ、遠くに連なる山が色を失い、ひとつの大きな影に変わる。

あっというまにあたりが闇に包まれた。すぐ横を流れる川も、暗い空を映した漆黒に染まった。ごうごうという水音だけがやけに大きく耳に響いた。

王静は背後を気にかけながら、川辺の道を小走りで急ぐ。

と——。

行き交う者がいない暗い路地に足音が鳴り響いた。

駆けてくる足音は、ひとりではなかった。

ずっと王静の背中に張りつき、つかず離れずで王静をつけまわしていた視線の圧がぐっと増したのが伝わった。

複数の人間が王静のあとをついてきている。

王静は足を止め、振り返った。

——ありがとう。ちゃんと罠にかかってくれて。

「私をつけまわしているのは、わかっています」

王静——翠蘭が応える。

翠蘭は声を発し、無意識に利き手で剣を抜こうと腰を探った。南都では武装を許されずそこに剣はないというのに。

黒く染まった川を背に、後をつけてきた者たちと向き合うと――薄い闇のなかに立っているのは、翠蘭と行き合って素通りしていった長身の蓬髪《ほうはつ》の女性だ。その後ろに、あと二人――剣を手にした男が控えていた。

後ろの二人には見覚えがあった。鳳仙の部屋を出たときに、扉の側で控えていた武人たちだ。

幼いときから武の鍛錬に励んできたおかげで、構えた立ち姿で相手の力量がわかる。

――この三人なら、まあなんとか勝てそう。

「学舎に石を投じたのはあなたなんですか」

尋ねると、相手はじりっと距離をつめてきた。後ろの男たちもゆっくりと近づいてくる。

「あなたは朱張敏ですか？」

相手はなにも答えなかった。

翠蘭は張敏を似姿でしか知らない。それでも彼の妹である朱利香の顔は覚えているから、彼女と目の前の女性は似ていただろうかと脳内で比べてみた。

けれどふたりの姿はうまく結びつかないのであった。

わざと年老いて見える化粧をほどこし、目立つことなく過ごしていた後宮の宮女の顔は、翠蘭のなかでひどくぼんやりとしている。翠蘭は、利香という彼女自身の本来の姿を知らない。

利香は、いま、別人に成り代わって暮らし続けた挙げ句、かつての殺人と皓皓党による反乱の罪に問われて尋問を受けている。

——利香は、自分自身として生きることなくずっと過ごして——きっとそのまま死んでいく。

兄の張敏の計略に巻き込まれ、そうするようにと命じられたから。

「なんの武器も持たないひ弱な私を、三人がかりで捕まえようとする。卑怯者」

翠蘭は挑発するようにそう言った。

「武器はないとしても、ひ弱ではないだろう。おまえは後宮の男装妃——陛下の剣だ」

やっと返事があった。後宮にいた者でなければ知り得ない情報を告げるその声は低く、女性の声ではなかった。

——やっぱりこの人は朱張敏なのね。

「あなたの妹は皇后さまの取り調べを受けています。取り調べはとても苦しくて、鍛えた男であっても音を上げるという話です。でも、あなたが私と共に後宮に戻るなら、あなたの妹は助けてさしあげます」

きっと断られるだろうと思ってはいるが、選択肢は与えたい。

「妹の身代わりに取り調べを受けに戻れと？　馬鹿な提案だ。戻るものか」

即答だった。

翠蘭は男たちを見据え、腰を落として身構える。武器がないのは痛いが、それでも負けるわけにはいかない。

最初に飛びかかってきたのは張敏だった。

両手を挙げ、翠蘭を力任せに川に突き落とそうと突進してくる。

翠蘭は背負っていた籠の背負い紐をするりと外し、張敏の横面に叩きつけた。張敏はそのまま地面に転倒する。籠の重みに腕が引っ張られ筋肉がぎゅっとしなり、なかに入れた文具と竹簡が地面に飛び散った。

川に突き落とされるわけにはいかないが、同時に彼を川に落とすのも駄目なのである。捕まえて、連れ帰り、証言を引きださなくてはならないので。

続いて襲ってくるかと身構えたのに、護衛たちは翠蘭ではなく地面に散らばった文具に飛びついた。

——なんで？

「硯じゃねぇっ」

拾いあげた文具を後ろに放り投げ、男が言った。

「おまえ、その籠を振り回すな。洮河緑石硯とかいう硯を持って帰るように命じられてんだ」

男が翠蘭を睨みつけ、そう怒鳴った。

どうやら長孫は、翠蘭を殺したあとで硯を持って帰るように命じたようである。

「無理よ。だってこの籠しか武器になるものがないんだもの。だいたい明日まで待っていてくれたら長孫さまのところに持っていってあげたのに――」

翠蘭の言葉に男が「待たずとも奪えばすむことだ」と凄《すご》んだ。

翠蘭に向き合い、左右に男がわかれる。男たちは剣を構え振りかぶってくる。その太刀《たち》筋《すじ》はなかなかのものだったが、逆に型にはまりすぎて軌道《きどう》を読みやすい。まっすぐに下ろされた剣を籠で受け止め、横に払う。

破れた籠から文具が落ち、男がまた地面に手をのばす。

「真面目にやってよ」

とつぶやいて、もうひとりの男がふるう剣に向かって籠を差しだす。籠がまっぷたつに裂け、中味が零れ落ちてくる。翠蘭は咄嗟に落ちてきた硯を空中で受け止め、男の懐に飛び込んでその頭に打ち付けた。がつんとした手応えがあり、硯が割れた。

男がぐらりと身体を揺らし、頭を抱える。

「ちょこまかと逃げやがって」

もうひとりの男が怒鳴り、剣を振りかざした。身体を斜めにして飛び退って避ける。

視線のはしで、張敏が頭を振りながらよろよろと立ち上がるのが見えた。

――生かしたまま連れ帰るのって難しい。

張敏が這いずって、翠蘭の足に掴みかかる。

払っても、張敏はしがみついて、離れない。

「私は、おまえには負けたくない。後宮の狭く美しい庭で、くだらない見栄や愛だ恋だでうつつを抜かしているおまえには。なにひとつわかっていないくせにっ。えらそうに陛下の剣だとほざいてっ」

張敏が唸るように言った。

「安穏として生きているおまえたちは、知ろうとしないんだ。華封には、まっとうな皇帝が必要なのだ。夏往国の属国であることをやめ、近隣諸国に武で挑み、かつての華封のように強い国にならなければ私たちはなにひとつ得られない。この国をひっくり返す。そうしなければ未来がない」

張敏の手に、武器はない。長身だがひ弱な腕しか持たない宦官だ。

けれど翠蘭は、その瞬間、武人たちより彼のほうが怖ろしいと感じた。

彼の放った言葉には、彼にしかわからない痛みがこもっていた。

「私には力がない。それでもこの国を転覆させようと願ったときに、なにを犠牲にし、どうすればいいか――考え続けてきた。大人になってから宦官となるのは不名誉なこと。死んだほうがずっとましだ。それでも私はこの道を選んだのだ。利香も……利香も私と共に同じ道を歩むことを栄誉に思っているはずだ」

張敏は翠蘭の足首を摑み、そのままずりずりと覆い被さってきた。その手を、川と逆の方向に蹴り飛ばし反動をつけて立ち上がると——気づけば翠蘭は川縁にいた。

水しぶきが足に跳ねて、ひんやりと冷たい。夜の川は漆黒で、ただただ音だけが響いている。

足を踏み外したらあっというまに水流が身体を捕え、引きずりこんでいくだろう。

これ以上は後ろに下がれない。

体勢を整えないと。

けれど立ち位置を変えようと足を踏みだした途端、翠蘭の足下の土がほろりと解けた。

支えてくれるはずの地面を失って、翠蘭は土手から後ろ向きに川に滑り落ちる。のばした手は空を摑み、瞬く目が映したのは、遠くに星が光る夜空だ。

「あ……」

雲が月を覆い、世界はぼんやりと薄暗い。

激しい水音をさせて翠蘭は川面に叩きつけられる。

激痛と共に水底に沈む。さっきまで見えていた星の光もかき消えて、翠蘭の視界は黒く塗りつぶされる。必死で手をのばし水面に向かうが、身体に布がまとわりつき、ひどく重たい。

冷たい水の中で身体がくるりと回転する。急流が翠蘭の身体をわしづかみ、引きずりこんでいく。

心臓が激しく鼓動する。

息が苦しい。

口元から零れた泡が川面に向かって立ち上る。

――ここで終わるわけにはいかない。私は、陛下の剣。

義宗帝のための剣。

生きて戻らなくては剣としてのつとめを全うできない。

両手をのばし、水をかいた。足をばたつかせ、なんとかして水面に浮かぼうとあがく。

そのとき――。

唐突に川の流れが、止まった。

ごうごうと音をさせていた川の音が停止し、しんと静まりかえる。痛いくらいの静寂《せいじやく》のなか、川が凝固し、柔らかな固まりとなって隆起し、翠蘭の身体を押し上げた。

なにが起きたかがわからなかった。

水のなかから放出され、翠蘭は土手に座り込んだ。呑み込んでしまった水が口から零れ、ひゅうっとのどが鳴った。空になりかけていた肺のなかに一気に空気が入り込み、咳が出る。

「あれは——なんだ」

張敏が言った。腰が抜けたのか尻餅をついてへたり込んでいる。

翠蘭は張敏の見ている方向に振り返る。

そこにいたのは——漆黒の龍であった。

川の水が空に吸い上げられて渦を巻き、一頭の龍に化生《けしょう》したのだ。

頭をもたげ太い胴体をくねらせて、龍が川面から立ち上がる。

闇色の目はきらきらと瞬き、その髭は流水となって地面に滴《しずく》を飛ばす。開いた口の奥に覗くのは暗黒。氷に似た鋭い牙がカチリと音をさせる。うねる胴体に並ぶ鱗《うろこ》は夜空を映した川面と同じ色だ。花弁の形の鱗と鱗のあいだに弾けているのは星の瞬きを宿す波しぶき。

そして——鋭い爪を持つ手が握りしめているのはひとふりの剣であった。

龍がその剣を翠蘭の前に、置いた。

——これは陛下に賜った神剣。

龍の意匠が施された鞘を認め、翠蘭は引き寄せられるように手をのばす。

剣を摑んで立ち上がり、鞘から引き抜いて龍を背に張敏に向き合った。

風が吹いた。

月を隠していた雲が動いた。

月が白い光を地表に零し、翠蘭の手にした剣の刃が月明かりを弾いてきらりと輝いた。

動きを止めていた男たちが我に返ったように悲鳴をあげる。翠蘭と龍に背を向け走りだす。

水しぶきが頭上からしたたり落ち、視線を上げると黒龍の太い腹が翻《ひるがえ》るのが見えた。

黒龍は逃げる男たちを追いかけると、二人を顎に咥えカチリと音をさせて口を閉じる。悲鳴と罵声がくぐもったものに変化し、ふつりと途切れる。

男二人を呑み込んだ黒龍は空中で胴体をくねらせて、川へ戻る。龍は鼻先を川面に突き入れて飛び込んだ。ざぶんと音がして、波打った水が大きく跳ねて土手を濡らした。

龍はゆっくりと川に身をくぐらせ泳ぎだす。

黒い大きな影が川底を動き、遠ざかっていく。

男たちは浮かび上がってはこなかった。

この世の理を越えた異形と怪異を目の当たりにして張敏は目を見開き、悲鳴をあげた。

「……っ。いまのは……なんだっ。おまえはいったい何者なんだ」

尻餅をついたまま後ずさり、がくがくと身体を震わせて大声でそう言った。

「私が何者かはあなたが告げていたではないですか。私は陛下の剣。畏れ多くも陛下に神剣を賜り力を得た後宮の男装妃、翠蘭です」

それ以外の何者でもなかった。

「わ、私を殺すのか」

張敏が言う。

「いえ。あなたを殺してしまっては証言が得られないので。眠っていただきましょう」

翠蘭は張敏の後ろにまわり、後頭部に手刀を当てる。張敏は「うっ」と小さく呻き、前のめりに身体を倒し気絶した。

地面に寝そべる張敏を見下ろし翠蘭は自分の懐に手を入れる。捕縛するための縄を持ってきているはずなのだ。が、縄は水のなかに落としてしまったようである。なにも見つからず途方に暮れる。

「途中で意識を取り戻して暴れたら、また後ろ首を叩いて気絶させて——って、くり返していくしかないかしら」

厄介だなあとなげきつつ、しゃがみ込んで張敏の顔を見る。

白目を剝いているその顔が泥にまみれているのを、なんとなく指で拭い、まぶたを閉じさせ、乱れた髪を撫でつけた。

——きっとこの人にもこの人なりの人生があったんだ。

この国で、宦官になったとはそういうことだ。つらい出来事があったのだ。妹を宮女として後宮に入れたのもそういうことだ。自分ごときの人間には想像もつかないような苦しみを抱えてここにいるのだろう。

それでも——張敏のしたことを許そうとは思わない。

罪は、罪。

早く張敏を抱えて引きずってでも宮城に戻るべきなのに、立ち上がる気力が出ないまま、少しぼうっとしてしまっていたらしい。

ふいに、目の前に白い手が差しだされた。

目を上げると、そこにいるのは月の化身のごとき美しい人であった。

粗末な長袍に着替えた義宗帝である。

「陛下……」

――そんな気がしたんだ。

彼がここにいるような気がしたのだ。いるはずがないのに。それでも。

なぜなら――。

「私は龍の末裔である。この手を取ることを許す」

何度もこの言葉を聞いたと思いながら、翠蘭は素直に彼の手を取った。

引き上げてくれるその力を借りて立ち上がり「ありがとうございます」と拱手する。

彼は正しく龍の末裔で――あの黒龍はおそらく義宗帝に関わるなにかなのだろう。そうでなければおかしい。この世に龍を召喚させる力を持つ者がいるとするなら、それは義宗帝であるべきだった。

「それを担ぐのはそなたの役目だ」

地面に横たわる張敏を顎で差し示し義宗帝が言う。

「土手を降りてすぐ先に舟がある。南都の移動は馬や輿より舟を使うのが早い。急ごう。淑妃をひとりで待たせている」

「はい」

言い置くと、ついてくるのが当然という態度ですっと土手を降りていってしまう。あちこちの土が脆《もろ》くて崩れ落ちそうなのに、気にとめることもしないのだ。そのすべてが自分の知っている義宗帝すぎて、なぜだか翠蘭は笑ってしまった。

——陛下はどこまでいっても陛下だ。

「はい」

自分より長身の張敏を、荷物のように肩に担ぎ、先を歩く義宗帝の後ろを降りていく。

義宗帝はいつもなにを考えているのかが、はたからはまったくわからない。常にむちゃくちゃなことを命じてくる。細かい説明をしないまま、翠蘭を右往左往させ困惑させる。

でも彼は翠蘭の危機に駆けつけて、いままでずっと押し隠してきていた不思議な力をふるい、神剣を手渡し、へたれ込んでいる翠蘭に手を差しのべて立ち上がらせてくれた——。

いまはもうそれだけで充分だ。充分すぎるほど、充分であった。

＊

翠蘭が長孫の護衛たちと争って黒龍を見上げていたその一刻後――。

陸生は、部下の都官二十人を伴い長孫の屋敷に足を踏み入れた。

外は暗く、都官たちはおのおのが手持ちの行灯《あんどん》を掲げている。

「刑部である。皇帝陛下の命《めい》により屋敷をあらためる。門を開けよ」

先頭に立つ陸生が声を張り上げる。門番はぎょっとした顔で最初こそ抵抗のそぶりを見せていたが、陸生の後ろにいる都官たちの数を見て、観念したのか門扉を開けた。

白い石を敷き詰めて整えられた中庭は広く、石造りの灯籠《とうろう》が庭の四隅を明るく照らしていた。葉を落とした桃の大樹の影が地面に長くのびている。

「刑部である。長孫英虎はどこだ」

陸生は大声をあげ、行灯を片手に、ずかずかと庭を突っ切った。都官たちはおのおのに、部屋の扉を開き、なかを確認して長孫の姿を探している。花瓶から花を抜いてなかを覗いたり、箪笥や机の引き出しも開いてまわる。四方八方から悲鳴と抗議の声が響き、騒々しい。

まだ都官が入室していない部屋の扉もばたばたと開き、いったい何事かと、人が飛び出てくる。そのなかに長孫の姿はない。

　中庭を真ん中に置いた四合院の屋敷で、主人の住まいはだいたいが中庭に面した一番奥の正房である。長孫の部屋はそこであろうと見当をつけ、陸生は正房に向かう階段を上り、一番右の扉を押し開けた。

　部屋にいたのは美しく着飾った年配の女性であった。拱手の礼を取って陸生と対面すると、

「長孫の妻でございます。これはいったい何事なのでしょうか」

　と聞いてくる。

「学政による院試の不正が疑われ、調査をしている。長孫英虎はどこにいるのか」

　声を張り上げて返した。

「長孫英虎はどこにいるのか」

　途端に長孫の妻の顔は青ざめた。わなわなと唇を震わせ目を伏せる。

　再び問うと、

「……主人は書斎にいらっしゃいます」

　と小声で言った。

「書斎か。通せ」

「……はい」

長孫の妻が先に立ち陸生を案内する。書斎の扉を開くと、長孫は椅子から立ち上がり、両手を広げ、

「いったいどうしたのですか」

と芝居じみた身振りでそう問いかけてきた。

「学政による院試の不正が疑われ、調査をしている」

睨みつけてそう言うと、長孫は顎髭を指でひねり、わざとらしいくらい満面の笑顔になった。

――証拠などないと思い込んでいる。

それは、そうなのだ。答案用紙を部屋に隠しているわけでも、賄賂でもらった金子を帳簿につけているわけでもない。

彼の部屋を調べたところで証拠の品が見つかるはずがないのである。

普通ならば。

「どうしてまたそのような疑いがかけられたのか、さっぱりわかりません。ならば、どうぞとことん調べていただきましょう」

長孫の妻は廊下で両手を胸の前で組み合わせそっと様子を窺っている。長孫が軽く顎を引き「心配するな」というようにうなずいた。

陸生は書斎をひとわたり見回した。

入って真正面に引き出しのついた机がある。箪笥と書棚が壁際に置かれている。机の上にあるのはまだなにも書かれていない真っ白な紙だ。

部屋の隅にある燭台に高価な蠟燭《ろうそく》が灯されている。机に載っている火皿の炎がゆらゆらと揺れ、部屋は充分すぎるほどに明るい。

「明かりを消せ。すべてだ。この部屋も廊下もおまえたちの持つ行灯の火もすべて」

陸生が命じると都官たちがわっと一斉に散り、廊下の灯火を消し、部屋の蠟燭や火皿の火を消す。おのおのの行灯の蠟燭も消す。陸生も自分が手にしていた行灯に息を吹きかけた。大きく揺らいだ炎が、すっとかき消える。

途端に、真っ暗になった部屋のなかに——蛍の光が浮かび上がる。

淡い緑色をした光が部屋に軌跡を描きだす。机の引き出し。箪笥の扉。真っ白なままの紙。紙の上の文鎮。椅子、そして長孫の指にもきらきらと光がまとわりついている。

「……これはっ」

長孫が闇に輝く自分の指を見て声をあげた。

「光っている場所をすべて調べろっ。そこに李王静が不正を頼むために渡した賄賂の品が隠されている。答案用紙と交換をする約束で手渡したものは、すべて蓄光性のある特殊な粉をまぶされた品物である。王静から不正に関する証言はすでに得ている」

「なっ……」

都官たちが次々と簞笥や引き出しを開け、硯や筆、墨などを押収していく。どれもこれも闇のなかにぼんやりと光を放っている。

「この粉は後宮の妃嬪のみが持ち歩くことを許された特別な粉。他には、ない。この塗料のついたものを持っているということは、賄賂を受け取ったしるしである」

都官が長孫を捕え、その手を縄でいましめる。

「言いがかりだっ。王静にもらったものをただ持っていただけで不正に手を貸してはいない。答案用紙は渡してないぞ。ただ、ものを受け取っただけで……」

長孫が逃れようとして怒鳴り、身体をひねった。

「申し開きは後で聞こう。科挙試験に関わる不正行為は死刑である。引っ立てよ」

「待って……待ってくれ……私は」

「さらに長孫は皓皓党に関与した疑いもある。南都に逃げた宦官の朱張敏もすでに私の手のなかだ。朱張敏は院試の答案用紙の代筆を行った疑いで捕えられている。かの宦官の筆跡の答案用紙は証拠の品として私の手元にある」

朱張敏捕縛については、はったりだ。

希望的観測だが、義宗帝が「そこは翠蘭がどうとでもする」ときっぱりと断言していたのだから、きっとどうにかなるのだろう。義宗帝は、やると決めたらやってのける主君であり、義宗帝の剣である昭儀もまた、やれと言われたらやってのけてしまう逸材であるのだから。

――それに捕えてしまえばもうあとは自白をうながし、どのようにでも罪をなすりつけられるのがこの国の刑部の取り調べだ。

都官が長孫を縛りあげ、連れて行く。長孫の輝く指が、都官たちに引きずられ、遠ざかっていった。


そうして――。

その後、朱張敏と長孫英虎はそれぞれに刑部の取り調べを経て、院試の不正を行ったことを自白した。

張敏はときおり錯乱し「黒い龍を見た」とか「龍が男たちを呑み込んだ」などとおかしなことを怯えながら語っていたが、すべては取り調べの過酷さと苦痛からの逃避で見た幻だと結論づけられた。人の身体はときおり苦痛から逃れるために思いがけない方法を試みる。朦朧とした意識が見せる幻覚はときに荒唐無稽《こうとうむけい》なものである。

長孫の護衛たちは行方知れずのまま二度と姿を現すことはなかった。朱利香は兄が取り調べを受ける直前に、皇后に毒の恩情を賜り苦しまず自死をした。

調べによると、長きにわたる大々的な科挙における不正のすべてが学政の長孫の指示のもとに行われていたようであった。長孫は皓皓党という反乱軍の指揮下で行っていたこと、南都に潜む皓皓党の党員たちの名前を自供した。しかし張敏は他の党員については最期まで口を割らなかった。

陸生は官僚だ。血を見ることも好きではない。実際の取り調べは都官の手慣れた者が対応し、彼は上がってきた調書を見るに留め現場には向かわなかった。

けれど――だからこそ調書に残された張敏の言葉は陸生の胸に響いた。

記録のなかから長孫が血を吐くようにしてつむいだであろう彼の意志を読み取る。

『安穏として生きているおまえたちは、知ろうとしないんだ。華封には、まっとうな皇帝が必要なのだ。夏往国の属国であることをやめ、近隣諸国に武で挑み、かつての華封のように強い国にならなければ私たちはなにひとつ得られない。この国をひっくり返す。そうしなければこの国に未来はない』

調書によると、意識を失いかけながらも彼はうわごとのように何度もこの言葉をくり返していたそうだ。

強い国という理想にとらわれ皓皓党は旗を掲げたのだ。そして張敏はその理想に殉じたのだ。

『宝を後宮に残して逃げた私は、来世は驢馬《ろば》になる。それでも私は……この道を選んだ。私自身のためではなく――国のために――』

調書の彼の言葉はそこで終わっている。

宦官は性を拭うために切り離した部位を宝と呼ぶ。死した後、その宝と共に埋葬されないと来世は驢馬に生まれ変わると言い伝えられている。だから宦官たちは一度は斬り捨てた宝を大枚をはたいて買い取り、後生大事に壺に入れて保管している。

その宝と共に埋葬されずともかまわない。

今生だけではなく来世すら理想のために捨てる覚悟で、彼は強い国を作ろうとしたのであった。

終　章

学政が交代し、ひと月——。

冬である。

後宮の御花園には緑の葉に白い花を咲かせた冬青花《ひいらぎ》に赤い花が盛りの猩々木《ポインセチア》、色とりどりの水仙が植えられている。四季のどの時期であっても御花園の花は枯れることはないのであった。

内廷の乾清宮の一室で、淑妃と義宗帝はふたりきりでひそひそと会話をかわしている。

「もう三人での伽はないのですね。少しつまらない」

淑妃が寝台の端に腰掛け、足をばたつかせながら、拗ねた顔で言う。裸体に義宗帝の上着を羽織っているのはいつものことだ。

一方、義宗帝は粗末な長衣姿であった。

寝台の脇にある小卓の上に大きな花瓶が置いてある。生けられているのは黄色が鮮やかな蠟梅《ろうばい》だ。重なりあった繊細な花びらに指をのばし寄らすと、かぐわしい甘い香りがあたりに散った。

　義宗帝は蠟梅をひと枝、花瓶から引き抜いて手に持った。

「我が剣はすぐにそなたを自分の宮に招待するだろう。あれは心優しき剣である」

「そうですね。ここで会わずとも次は御花園の散策でもいいわね。陛下も一緒に歩いてくださるかしら？」

　淑妃がうきうきとした声をあげた。

「あるいは三人で象を見にいくのでもかまわない」

　あまり知られていないが実は後宮には象がいる。象はもともと南国の生き物だと聞いている。寒くなってきた最近はあたためた象舎のなかで退屈そうに過ごしているので、たまには人を連れて行くのもいいかもしれない。

「象。象は見たいわ」

「ならば次は昭儀と三人で象を見にいくことにしよう」

　義宗帝の言葉に淑妃はにこりと愛らしい笑顔になった。

　義宗帝は淑妃に背を向け「少し、眠ろう」とつぶやく。これは隣室の宦官に聞かせるための会話である。

「ひとつだけ確かめたいことができた。すぐ戻る」

と淑妃の耳元でささやくと、淑妃は小さくうなずいて「いってらっしゃいませ」と声を出さずに口を動かした。

淑妃を後に、義宗帝は蠟梅の枝を手にして棚の戸を開け、隠し通路の床板をはずし、そのなかに身体を踊らせた。


通路を抜けて宝和宮に辿りつく。

隠し戸のすぐ側に置いてあるのは先代帝の辞世の詩がしるされた竹簡だ。高価な紙ではなく竹簡にしたことに先代帝なりの意味があったのかもしれない。先代の龍は民びとの苦労を労る善良な龍であったから。

——しかし、それだけの理由なのだろうか。

義宗帝は隠し戸をくぐり出て書棚の前に立つ。一番奥の書棚にまばらに置いてあるのはほとんどが先代帝のものであった。

文字があるのは先代帝が記録した書物や竹簡だけで、他に並んでいる書物はすべて白紙。作られた時代がいつなのか、誰が書いたのかもわからない。

義宗帝は書棚に片手をあて、ゆっくりと足を進める。ここをついこのあいだまでは翠蘭が歩いていたのだと思いながら。そして陸生もまたこの書棚のなかの書籍を引き抜いてなかを見たのだと思いながら。

奥から二列目の書棚から一冊だけ書物を抜き、中味を見る。

──白紙だ。

眉を顰め、開いた書物の頁《ページ》の上に蠟梅を持つ手をかざす。

──私は水をあやつることができる。そしてたいていの生き物はその身の内側に水分を保っている。

義宗帝は蠟梅の枝に目を留め、そのなかにたくわえられた水に意識を向ける。水滴をひとつにまとめ、外に引きだす。織物のなかから、ただ一本の糸をはずし、引き抜くように。蠟梅のなかにある水の流れを見つけ、そっと取り外すと黄色の花びらの上にぷくりと丸く水滴が生じる。

手にした枝を軽く揺すぶると、滴は花びらから落下し、白紙の書面を丸く濡らした。するとー──白紙の上にじわじわと文字が浮かび上がってきた。

「そういうことか」

義宗帝はそうひとりごちた。

どうしていままで思いつかなかったのだろう。

──我が剣が蓄光の染め粉で学政に罠を仕掛けたのを見て、もしかしたらと思って試してみたが。

ここは龍の一族のみが入室を許される書庫である。ここに並べられた書物のすべては「正しく龍の一族である者」のみが読むことのできる形で記録を保管していたのであった。

水に濡らすと読める塗料で文字を書く。

乾けば文字が消え白紙に戻る。

『私たちは龍の末裔であった』

しるされた文字を読み、義宗帝は深くうなずく。

自分も。そして先々代の皇帝も正しく龍の末裔であった。

おそらく先代帝だけは龍の力を宿さず玉座に座ったのだろう。そのため彼のしるしたものだけは、ひとの目にも読み取ることのできる普通の墨が使われていた。

『この国の成り立ちは呪いである。我らは宮城と華封という国に取り込まれ大きな呪詛の仕掛けとして命をつなぐ。名のある術士が鬼門と水の力をつなぎ我らをこの土地につなぎ封じ込んだ』

義宗帝は蠟梅の水を白紙の頁に注ぎ、浮かびあがる文字を目で追った——。

主要参考文献

『東京夢華録―宋代の都市と生活』孟元老 著／入矢義高 梅原郁 訳注 東洋文庫

◆この作品はフィクションです。実在の人物、団体等には一切関係ありません。

◆本書は双葉文庫のために書き下ろされました。

双葉文庫

さ-48-04

後宮《こうきゅう》の男装妃《だんそうひ》、南都《なんと》に惑《まど》う

2023年12月16日　第1刷発行

【著者】
佐々木禎子《ささきていこ》

【発行者】
箕浦克史
【発行所】
株式会社双葉社
〒162-8540 東京都新宿区東五軒町3番28号
［電話］03-5261-4818(営業部)　03-5261-4833(編集部)
www.futabasha.co.jp(双葉社の書籍・コミックが買えます)
【印刷所】
中央精版印刷株式会社
【製本所】
中央精版印刷株式会社

【フォーマット・デザイン】
日下潤一

ISBN978-4-575-52713-1 C0193
Printed in Japan

FUTABA BUNKO

後宮の男装妃、
幽《ゆう》鬼を祓《はら》う
[著]
佐々木禎子
Sasaki Teiko
翠蘭は大商人の娘として生まれながら、山奥に預けられ、武道にあけくれて、たくましく育った。しかし突如病弱な姉の代わりに十八嬪として後宮入りすることに。数々の型破りな言動により皇帝から変わり者認定された翠蘭は、後宮で人々を脅かす幽鬼の正体を探るよう命じられる。『夜伽を命じられるよりはまし』と、時には山で会得した知識を駆使し、時には大剣を振り回して真実に迫っていく。男装妃と美形皇帝の男女逆転!?中華後宮ファンタジー第一弾！

発行・株式会社　双葉社